AF210847

Impressum:
Copyright 2009 S.Socke

Herstellung und Verlag:
Books on Demand GmbH, Norderstedt
ISBN 978-3-8391-4129-8

Über dieses Buch

Als unsere Tochter 2 ½ Jahre alt war, haben wir festgestellt, dass sie „taktile Wahrnehmungsstörungen" hat. Lange konnten wir mit ihrem Verhalten nichts anfangen. In diesem Buch beschreibe ich unseren Alltag mit ihr. Es liegen viele anstrengende und auch schöne Stunden hinter uns. Teils amüsante und ernste Geschichten werden Sie in diesem Buch zu lesen bekommen. Um es vorweg zu nehmen, dieses Buch ist nicht lektoriert worden. Es könnten also einige Fehler drin sein. Überlesen Sie sie einfach. Da der Inhalt nicht jeden erfreuen wird, habe ich dieses Buch unter einem Pseudonym geschrieben. Natürlich auch, um meine Tochter zu schützen. Alle Namen in diesem Buch sind frei erfunden. Die Handlung entspricht aber der Wahrheit!!!!!!
Ich möchte jedem danken, der an diesem Buch mitgewirkt hat. Den Menschen, die sich Zeit genommen haben, das Buch auf Fehler zu untersuchen. Und denen, die mir viele Anregungen gegeben haben für das Buch. Der Buchtitel wurde von meiner inzwischen, siebenjährigen Tochter, ausgewählt.

Das Geheimnis unserer Kinder

Es war einmal.........so fangen doch alle Märchen an. Diese Geschichte ist aber kein Märchen, sondern die pure Wahrheit. Und deshalb habe ich sie einfach mal aufgeschrieben.
Ich war schwanger im 4. Monat. Wir waren gerade dabei, uns für ein Eigenheim zu interessieren. Da schließlich alles schön werden sollte und wir uns unsere Standardausführung wenigstens begucken wollten, hieß es also auch, viel Zeit zu investieren, um die Sachen auszusuchen. Vielleicht gefiel uns das Eine oder Andere ja gar nicht. Und vielleicht nehmen wir ja die bessere Nummer, als Standard.
Mir ging es bis zu diesem Zeitpunkt der Schwangerschaft recht gut.
Ich habe schon zwei große Söhne. Ich weiß, was alles in der Schwangerschaft so passieren kann! Dachte ich jedenfalls bis zu diesem Zeitpunkt. Man hat hier ein Zipperlein, und manchmal auch da. Weiß ich schon alles. Doch dass man nicht immer alles weiß, sollte mich diese Schwangerschaft lehren. Und das nicht zu wenig.
Heute hatten wir Besichtigung im Kreissaal. Mitgegangen bin ich aber nur meinem Mann zuliebe. Für meinen Mann war es nämlich das erste Kind. Also, auf zur Kreissaalbesichtigung! Wohl gefühlt habe ich mich an diesem Tag nicht. Ich bekam leichte Schmerzen im Unterleib und musste

auch dauernd auf die Toilette gehen. Habe ich mir die Blase verkühlt?! Nachdem wir fertig waren mit der Besichtigung, sind wir dann auch gleich nach Hause gefahren. Am nächsten Morgen war es immer noch nicht besser mit meiner Blase. Ich hatte jetzt regelrecht Schmerzen beim Wasserlassen. Ich rief meine Frauenärztin daraufhin gleich an diesem Morgen an. Besorgt schilderte ich mein Anliegen. Denn seit einer guten halben Stunde hatte ich jetzt auch noch Schmerzen in der Nierengegend. Hörte sich für mich nicht so unbedingt gesund an. Aber, ich bin ja nur eine werdende Mutter. Die sind manchmal einfach hysterisch, handeln unkontrolliert und stellen sich einfach manchmal nur an. Ich weiß das. Ich möchte mich aber anstellen! Ich laufe lieber einmal zu viel als das ich für irgendetwas zu spät komme. Die Frauenärztin empfahl mir aber, mich ins Bett zu legen und mich auszuruhen.......? Bei den Schmerzen.....? Ich sollte sie am Mittag noch mal anrufen, falls es noch schlimmer wird.......! Noch schlimmer?

Und es wurde schlimmer. Ich rief sie also mittags wieder an. Bin ja manchmal hartnäckig. Man sagte mir, wenn ich es für "notwendig" halte, dann könnte ich ja nachmittags noch mal in die Sprechstunde kommen. Hm, da war ich jetzt irgendwie hin und her gerissen. Doch alles nur Einbildung? Als mein Mann von der Arbeit kam, bat ich ihn mit mir zu meiner Frauenärztin zu fahren. Vorsichtshalber!!!!! Als wir dann da waren, sollte ich erstmal Platz nehmen. Ich wäre gleich dran. Platz nehmen? Ich konnte kaum noch stehen. Geschweige denn mich ohne Schmerzen hinsetzen. Ok, ich tat, wie mir gesagt. Doch der Pharmavertreter war noch vor mir dran. Immer schön die Reihenfolge einhalten.

Da war ich schon ein wenig gereizt! Um nicht zu sagen: "Stinksauer!" Dann waren wir endlich dran. Sie untersuchte mich und stellte dann fest, dass ich eine Nierenbeckenentzündung habe. Supi, als wenn ich es nicht schon gewusst hätte. Jetzt musste schnell ein Medikament verabreicht werden. Mein Mann fragte dann, in wieweit sich das Medikament auf das Kind auswirkt. Ob es Schaden nehmen kann? Daraufhin wurde mein Mann mit einem strafenden Blick getroffen. "Ihre Frau geht ja wohl jetzt vor!", sagte meine Frauenärztin. Mein Mann und ich waren perplex. Diese Antwort hatten wir beide nicht erwartet. Sie verschrieb dann das Medikament. Und für sie war die Sache damit erledigt.

Damit nicht noch Schlimmeres passiert, nahm ich das Medikament dann zu Hause auch ein, im guten Glauben, das es hilft. Es ging mir auch bald besser. Ich hatte alles noch mal Revue passieren lassen. Und stellte dann fest, dass mich diese Situation bei meiner Frauenärztin nicht zufrieden stellte, so wie sie reagiert hatte. Daraufhin beschloss ich, in Absprache mit meinem Mann, den Frauenarzt zu wechseln.

Ich weiß, es ist immer blöd, während einer Behandlung den Arzt zu wechseln. Aber ich war mit dieser nicht einverstanden gewesen, dass ich warten musste, obwohl ich Schmerzen hatte. Und

mit der Reaktion der Ärztin auf die Frage meines Mannes. Ich fühlte mich nicht ernst genommen. Ich vereinbarte also bei einem anderen Arzt einen neuen Termin unter Einhaltung des 4 Wochenrhythmus. Am Sonntag vor dem Termin (der Termin war für Dienstag angesetzt), hatte ich erneut Schmerzen beim Wasserlassen. Wieder eine Blasenentzündung, na toll. Hatte ich erst vor drei Wochen. Am Montagmorgen rief ich sofort beim Frauenarzt an. Ich schilderte der Sprechstundenhilfe mein Problem. Und erzählte ihr auch, dass ich die gleichen Beschwerden schon vor drei Wochen hatte, am Dienstag aber erst den regulären Termin habe. Sie meinte ich solle mich sofort auf den Weg machen. Ich hatte mich kaum hingesetzt, da wurde ich auch schon aufgerufen. Nun musste ich dem Arzt natürlich erstmal erzählen, warum ich während der Schwangerschaft meinen Arzt wechseln wollte. Ich erzählte ihm darauf die Geschichte, die mir mit meiner Frauenärztin passiert ist. Er äußerte sich nicht dazu, schüttelte aber mit dem Kopf. Das sagte mir alles. Ich fragte ihn, warum ich innerhalb von drei Wochen dasselbe Problem wieder bekommen habe? Er antwortete mir:" Sie haben das falsche Medikament bekommen." Na super, dachte ich. Läuft ja alles rund. Soweit so gut. Der Frauenarzt verschrieb mir dann ein Medikament, was ich nur einmalig einnehmen musste.
Bald ging es mir besser. Und somit war es auch bald vergessen.
Ich hatte Heißhungerattacken auf Lakritz und Cola.

Nicht gerade die optimale Ernährung für eine Schwangere. Zum Ausgleich habe ich viel frisches Obst gegessen. Ich brauchte zurzeit sowieso viel Energie, da ich nämlich gerade meinen Führerschein machte. Ich muss nur sehen, dass ich so langsam fertig werde. Bin jetzt im achten Monat! Und die Prüfung steht an! Erst die Schriftliche, dann die Praktische. Na ja, so richtig habe ich jetzt nicht dafür gebüffelt....! Mein Fahrlehrer meinte aber auch, ich solle jetzt bald die Prüfung machen. Man dürfe eh nur bis zum achten Monat fahren. Ich bin dann aber beim ersten Mal glatt durchgefallen. 21 Fehlerpunkte waren dann doch zu viel. Zweiter Versuch waren dann nur noch 17 Fehler. Auch immer noch zu viel, um auf die Menschheit losgelassen zu werden. Ok, dann musste ich wohl mal üben. Wurde jetzt doch ein wenig Zeit. Wenn ich jetzt beim dritten Mal durchfalle, dann bekomme ich eine dreimonatige Sperre. Dann wäre ja schon die kleine Prinzessin da. Und dann habe ich bestimmt keine Lust und Zeit mehr auf Lernen und Prüfung. Beim dritten Anlauf hat es dann endlich geklappt und die praktische Prüfung stand an. Ich fragte meinen Fahrlehrer in einer der letzten Stunden, wann ich fahren soll. Als Erste oder Zweite in der Prüfung? Er meinte zu mir, ich solle ruhig als Zweite fahren. Dann könnte ich mir bei dem anderen Prüfling noch mal das Fahren anschauen. Und in Gedanken einfach mitfahren. Ok, war ne gute Idee. Gesagt, getan! Habe die praktische Prüfung gleich beim ersten Mal be-standen.

Zum Ende der Schwangerschaft ging es mir immer schlechter. Da ich seit längerer Zeit unter einer stark verstopften Nase litt, musste ich mich aufgrund dessen in ärztliche Behandlung begeben. Es war kurz vor Stichtag (ca. 1 Woche). Zudem wurden die Schmerzen immer schlimmer auf dem linken Ohr. Nachdem ich mit meiner Schwiegermutter einkaufen war, habe ich mich im Auto kaum mit ihr unterhalten. Sonst kann ich das eigentlich ganz gut. Sie sah schon, dass es mir schlecht ging. Und fragte mich dann auch danach. Ich antwortete ihr, das ich ziemlich starke Schmerzen habe und doch heute noch zum Arzt muss damit. Ich wollte ja auch kein Risiko eingehen, mit dem Kind. Mein HNO-Arzt stellte dann bei mir auch prompt eine Mittelohrentzündung fest. Nach einer kleinen Betäubung, schnitt er mir dann das Trommelfell auf. Danach war es ein wenig besser geworden. Dennoch fühlte ich mich sehr matt und schlecht. Legte mich zu Hause erstmal aufs Ohr (aufs andere natürlich).Erst als mein Mann von der Arbeit kam äußerte ich, dass ich wohl Fieber habe. Ich fühlte mich jedenfalls so. Und leichte Wehen hatte ich glaube auch. Ich wusste gar nicht mehr, wo mir der Kopf stand. Mir ging es einfach nur dreckig. Eigentlich gestehe ich mir Schwäche schlecht ein. Aber hier kam ich jetzt an einen Punkt, wo ich zugeben musste, dass ich auf Hilfe angewiesen war. Der Koffer war ja schon seit Tagen fertig gepackt. Mein Mann rief dann auch sofort bei meinem Frauenarzt an und schilderte meinen schlechten Zustand, (es war heute nur die Vertretung da) und das er sich Sorgen machte. Der Arzt meinte, ich solle doch aufgrund des Fiebers jetzt lieber in die Klinik gehen und mich dort einmal vorstellen. Also ab in die Klinik. Dort angekommen schilderte ich mein Anliegen, darauf meinte die Schwester nur: " Nur wegen des Fiebers sind sie gekommen?". Zu dem Zeitpunkt dachte ich noch, dass der Frauenarzt mich wenigstens schon im Krankenhaus angemeldet hatte. War wohl ein Trugschluss. Alles muss man hier selber machen. Egal, nun war ich ja da. Und ich wollte auch nicht mehr gehen. Hatte ich mir jedenfalls fest vorgenommen. Man hat mich dann doch stationär aufgenommen. Es klappen ja doch nicht nur die Türen. Hoffentlich entbinde ich bald. Habe nämlich keine Lust mehr.

Am Donnerstag, den 14.6.2001 fragte mich dann die Hebamme, ob ich nicht, auf homöopathischer Basis ein kleines "Schnäpschen" haben wollte. Es war so ca. 18.30 an diesem Abend. Also runter mit dem Zeug und warten. Ich konnte so noch schnell meinen Mann anrufen und ihm Bescheid sagen, dass er die beiden Jungs noch zu meiner Schwiegermama bringen kann. Nun hieß es, warten. Ich sagte damals zu meinem Mann, dass er sich Zeit lassen könnte, wenn die Hebamme anruft. Es würde meistens noch lange dauern bis es losgeht. Er hat sich auch prompt daran gehalten. So gegen 21.30 Uhr setzten dann die heftigen Wehen ein. Ich habe gehofft, dass aufgrund meiner Akupunktur, die ich ab der 36. Woche gemacht habe, es in zwei Stunden alles vorüber ist. Es ging auch gut voran mit den Wehen. Ich hatte auch bei meinen anderen beiden Schwangerschaften wenige Probleme damit gehabt. Gegen 24.00 Uhr rief dann die Hebamme bei meinem Mann zu Hause an. Wenn er dabei sein möchte, dann müsste er sich jetzt auf den Weg machen. Ja wo blieb er denn?

Ich muss dazu sagen, ich hatte ihn gebeten sich in der Zwischenzeit um die Jungs zu kümmern und erst bei der Endphase der Geburt dabei zu sein. Ich brauchte vorab einfach die Zeit für mich alleine. Doch jetzt wollte ich, dass er an meiner Seite steht. Jetzt stand er neben mir und wir waren alle gespannt.

Um 0.30 h, war unsere kleine Josy endlich da. Und ich habe mich riesig gefreut. Ist es nicht etwas schönes, Kinder in die Welt zu setzen? Ein kleines süßes Bündel, was die Welt noch entdecken wird. Und wir dürfen daran teilhaben.

Doch auch nach der Entbindung wurde mein Zustand mit dem Ohr nicht besser. Ich musste immer noch regelmäßig zur Kontrolle, mit meinem Ohr. Mein HNO-Arzt, war direkt dem Krankenhaus angebunden. Er hatte auch Belegbetten dort. Jeden Tag musste ich zur Kontrolle. Heute Morgen hatte ich wieder einen Termin. Doch ich fühlte mich irgendwie anders. Ich konnte das Gefühl aber nicht richtig für mich deuten. Ich setzte mich, wie jeden Morgen, in den Behandlungsstuhl. Schließlich ist es ja wichtig, nichts dem Zufall zu überlassen. Der HNO-Arzt untersuchte mich wieder und stellte aber nichts Außergewöhnliches fest. Kurz vorm verlassen des Stuhles sagte ich meinem Arzt aber, dass irgendetwas nicht stimmt mit meinem Gesicht. Es fühlte sich in meinem Gesicht heute anders an als sonst, so taub irgendwie. Er befahl mir schon fast, mich sofort wieder hinzusetzten. Aber nicht in diesem Ton, bitte, dachte ich. Jetzt kramte er mit seinen Augen in meinem Gesicht rum. Irgendetwas suchte er dort. Nur was? Seine Sprache kehrte dann auch wieder allmählich zurück. Jetzt forderte er mich auf, meine Stirn doch mal in Falten zu legen! Und Grinsen und Pfeifen sollte ich auch noch. 1. Stirn in Falten, sieht einfach doof aus! 2. Soviel zu grinsen hatte ich jetzt nicht wirklich! Und Pfeifen? Wozu? Na ja, ich tat aber doch, wie mir befohlen. Wobei ich sagen muss, die Falten konnte ich nicht sehen, Grinsen muss richtig dämlich ausgesehen haben, weil ich merkte, dass gar kein richtiges Grinsen zustande kam. Irgendwie funktionierte nur eine Hälfte meines Gesichtes! Komisch, richtig komisch! Was war mit mir los? Der Doc meinte: "Sie haben eine „Faziales-Parese!" Joh, hört sich nicht so gut an. War es auch nicht, ganz im Gegenteil. Denn meine Mittelohrentzündung hatte sich mittlerweile bis ins Innenohr durchgearbeitet. Wahnsinn, sage ich ihnen. Die Entzündung hatte jetzt sogar meine Gesichtsnerven angegriffen. Meine schönen Nerven. Nun kam auch der Arzt "in Wallung". Nun sollte alles ganz schnell gehen. Er ordnete an, dass ich sofort operiert werden muss. Ups, doch so schnell? "Sie gehen jetzt wieder auf die Station zurück, packen ihre Sachen und dann bestellen sie sich ein Taxi und fahren sofort in die Klinik der nächsten Stadt." Das saß! Der Schreck fuhr sofort durch meine Glieder. Wie in Trance ging ich wieder rüber auf die Station ins Krankenhaus. Auf dem Weg dorthin überlegte ich dann, wie ich das jetzt meinem Mann erklären sollte? Ich war den Tränen nahe, und in meinem Kopf drehte sich alles. Gleich?... Nein, jetzt sofort!... Operation!... Ihr Gesicht bleibt so... halbseitig gelähmt... immer so aussehen... Auf der Station angekommen brach ich dann vollends in Tränen aus. Die Krankenschwester, die mir über den Weg lief, fragte dann auch ganz besorgt, was mit mir denn los sei? Ich erzählte ihr, das ich jetzt meinen Mann anrufen muss, und ich meine Sachen packen muss, und mir ein Taxi rufen....................etc. Und das so schnell wie möglich! Doch was mache ich mit Josy? Kann sie mitkommen? Muss sie hier bleiben? Kommt mein Mann überhaupt mit der Kleinen zurecht, wenn er sie mit nach Hause nimmt? Fragen über Fragen, die mir gerade keiner beantworten konnte.

Ich rief dann meinen Mann an und erklärte ihm die Situation. Er machte sich auch direkt auf den Weg. Die Schwester beruhigte mich und meinte zu mir, ich sollte jetzt erstmal ins andere Krankenhaus fahren und abwarten was mit mir gemacht wird. „Um Ihre Tochter kümmern wir uns hier im Krankenhaus". Es hat sich sogar eine Schwester angeboten, meine Tochter mit zu sich nach Hause zu nehmen. Von dieser Fürsorge war ich in diesem

Moment ganz positiv überrascht. (Sie blieb im Krankenhaus, bis mein Mann sie am 6. Tag nach der Entbindung nach Hause holte.) Und das tat mir, in dieser Situation, richtig gut. Wenigstens hier in richtigen Händen zu sein. Denn bei meinem HNO-Arzt war ich mir da nicht so sicher gewesen. Wer lässt sich schon gerne von seinem Arzt zusammenstauchen? Ich jedenfalls nicht.

Mein Mann kam, und wir fuhren gemeinsam in das Krankenhaus, was uns mein HNO-Arzt empfohlen hatte. Mir war schlecht, vor Aufregung. Dort angekommen, mussten wir erstmal Platz nehmen und warten. Ich hatte von der Entbindungsstation eine Milchpumpe mitbekommen, die ich jetzt auch dringend mal benutzten musste. Komisch hier zu stehen, auf einer fremden Toilette, und im Stehen die Milch abzupumpen. War so richtig toll gewesen (Scherz!). Nach endlosem Warten, kam dann ein Arzt und teilte uns erstmal mit, das sie hier überhaupt kein Platz hätten für uns. Alle Betten seien belegt. Sie würden aber weiter telefonieren, mit anderen Krankenhäusern. Doch auf einmal ging die Tür auf, und wir wurden gebeten mitzukommen. Na, was gibt es denn jetzt Schönes? Die Tür öffnete sich zu einem anderen Raum und ich konnte gerade noch den Stuhl dort drinnen entdecken. Denn, der Rest vom Raum war mit ca. 10 Ärzten bestückt. Mein Mann erschrak zuerst. Steht es doch so schlimm um meine Frau?? Warum so viele Ärzte? Wahrscheinlich auch noch jeder Kategorie? Mein Mann wurde erst einmal beiseite geschoben. Der Chefarzt bat mich nun,

Platz zu nehmen. Ich sollte doch jetzt mal die Stirn in Falten ziehen. Die Augenbrauen genauso, und pfeifen sollte ich auch noch. Gut, Töne waren jetzt nicht zu hören. Aber ich gab mein Bestes. Dann war auch schon wieder alles vorbei. Man verabschiedete uns.

Im Nachhinein haben wir erfahren, warum so viele Ärzte anwesend waren! Ich mag es kaum sagen, aber sie haben noch nie so ein Krankheitsbild Live und in Farbe gesehen! Ich war der lebende Beweis für eine halbseitige Gesichtslähmung. Man hätte mich ja nur mal fragen brauchen, ob so eine Besichtigung am lebenden Objekt für mich Ok sei? Helfe doch gerne weiter. In diesem Moment war es aber, weil wir das nicht wussten, ein kleiner Schock gewesen.

Wir warteten draußen vor dem Krankenhaus. Dann ging es mit dem Taxi weiter ins nächste Krankenhaus. Jetzt war ich ganz irritiert gewesen. Es sollte doch sofort operiert werden? Mein Gesicht sollte nicht so schief bleiben! Haben die eine Ruhe weg!

Im nächsten Krankenhaus angekommen, untersuchte mich dort die Oberärztin erst einmal. Sie fragte mich dann, ob ich mir eine andere Alternative vorstellen könnte als eine OP? Eine andere Alternative als eine OP? Die gibt es auch? Ich fragte, welche es denn noch geben könnte? Es gäbe noch die hoch dosierte Kortisonbehandlung.

Denn, gerade fünf Tage nach einer Entbindung zu operieren, wäre nicht zu empfehlen. Ich entschied mich natürlich gleich für die Behandlung. Die Muttermilch sollte ich dann erstmal verwerfen, könnte dann aber nach absetzen des Kortisons, sofort wieder mit dem Stillen anfangen. Ja, das hörte sich doch gut an. Man, was war ich froh gewesen, nicht unters Messer zu müssen. Da ich wieder ziemlich taub auf meinem Ohr war, schnitt sie mir noch mal das Trommelfell auf, ohne Betäubung versteht sich. Meine „Kauleiste" hat wieder gelitten. Damit wurde ich erst einmal auf mein Zimmer entlassen.

Dies alles teilte ich dann sofort meinem Mann mit, als er mich wieder besuchen kam. Er hat sich natürlich gefreut und war wütend zugleich. Eine Kortisonbehandlung hätten wir auch in der Entbindungsklinik haben können. Dann wäre ich bei meiner Tochter gewesen, und er bräuchte nicht etliche Kilometer fahren, um mich zu besuchen. Wo er Recht hat, hat er Recht. Über eine Kortisonbehandlung hatte mich mein HNO-Arzt nicht aufgeklärt. Er sagte nur: "Wollen sie für immer so ein schiefes Gesicht haben?" Was glaubt er denn? Natürlich nicht! Mein Mann fuhr nach Hause, denn für heute war es genug Aufregung gewesen. Am nächsten Tag besuchte er mich wieder, und erzählte mir, dass er noch mal auf der Entbindungsstation war. Er hat dort mit dem Oberarzt der Gynäkologie gesprochen und seine Wut geäußert gegenüber dem HNO-Arzt. Wir hätten uns die ganze Fahrerei sparen können. Der

Arzt meinte dann, wenn er so wütend ist, sollte er es dem HNO-Arzt doch selbst mitteilen. Er ist gerade in einer OP, hier im Krankenhaus. Das ließ sich mein Mann nicht zweimal sagen. Er packte die Gelegenheit beim Schopfe und ging ihn besuchen. Man musste den guten Mann aus dem OP holen. Mein Mann erklärte ihm nun, dass er richtig sauer auf diese ganze Aktion gewesen sei. „Meine Frau braucht nicht operiert werden. Es geht auch mit Kortison. Wofür die ganze Aufregung?" Die Antwort kam auch prompt. Der Arzt sagte: „Und wenn sie ihre Frau in der Badewanne operiert hätten, wäre ihm egal gewesen. Hauptsache, ihre Frau wäre operiert worden!" Na, prost Mahlzeit! Einige Ärzte überschätzen einfach manchmal ihre Kompetenzen. Diese wäre doch eine Live-Übertragung wert gewesen. "Komplizierte Ohren-OP in der Badewanne!" Aber, Ideen hat er ja!

Als mein Mann gerade am Ende seiner Schilderung angelangt war, wollte ich gerade zum Ausdruck bringen, dass ich mich für ihn schäme. Weil er einfach den Arzt aufgesucht hat und ihn zurecht gewiesen hat. So etwas macht man einfach nicht. Da sprang meine Zimmertür auf und eine Schwester sagte nur so durch den Türspalt: "Frau Landhaus, bitte sofort zum Chefarzt, er möchte Sie sprechen!" Hatte ich eine Zusatzversicherung abgeschlossen, von der ich nichts von weiß? Oh Gott, dachte ich. Nun gibt es was auf den Deckel. Na super, als wenn man nicht schon genug um die "Ohren" hätte. Auf dem Weg zum Chefarzt, hatte ich mir meinen tollen Schlachtplan (rechtfertigen, entschuldigen, Fehler eingestehen… etc.)schon parat gelegt, als wir sogleich Reingerufen wurden. "Guten Tag Frau Landhaus, wie geht es Ihnen? (Beschiss…!) "Es geht so!" antwortete ich. "Was ist denn jetzt hier los? Ich habe mich mit Ihrem HNO-Arzt unterhalten. Er hat mit mir zusammen die gleiche Uni besucht." Ja, da sind wir ja wieder mal richtig gelandet. Die beiden Ärzte kennen sich. Das reichte mir hier eigentlich schon wieder. "Die eine Krähe…………" Auch ihm musste ich das mit der Stirnrunzelaktion zeigen und pfeifen…. etc. "Sehen Sie mal, Herr Landhaus, ihre Frau kann ja gar nicht pfeifen!" Da ich diese Prozedur schon mindestens 10mal machen musste, wusste ich schon, dass das nicht so gut klappt, nämlich gar nicht. "Ich möchte, dass Sie morgen früh noch einmal vorstellig werden, damit ich sehen kann, ob die Kortisonbehandlung angeschlagen hat. Wenn nicht, dann wäre morgen früh OP-Termin. „Ich gebe Ihnen noch ein Infoblatt mit, wo Gesichtsübungen drauf sind, die Sie bitte machen!" Natürlich mache ich die, wenn es hilft, klar doch. So entließ er uns und wünschte eine gute Nacht. Es war spät geworden. Ich musste noch die Anästhesiepapiere unterschreiben, falls es doch morgen früh losgeht. Es ist ein Gefühl, was man schlecht beschreiben kann. Man ist ausgeliefert und kann gar nichts machen. Man ist zwar bereit alles zu geben, aber man kann nicht. Es geht nicht. Ich fühle mich abhängig. Und ich bin nicht gerne abhängig. Ich bin eine selbstbewusste Frau und habe viel erreicht. War schon immer selbstständig. Und nun das. Jetzt sitze ich hier und höre der Ärztin zu, was alles passieren kann bei der OP. Von, es kann so bleiben, bis, es kann schlechter werden oder besser werden. Wünschen tue ich mir nur eines. Es soll, nein es muss besser werden! Ich habe angefangen meine Gesichtsübungen zu machen. Egal wo ich war. Ob auf Toilette oder im Fahrstuhl. Selbst auf dem Gang im Krankenhaus, habe ich meine Gesichtsübungen gemacht. So manch einer hat wohl gedacht, ich habe irgendwelche "Ticks". Oder sei nicht normal. Es war mir aber egal. Ich tat es für mich, nicht für Andere. Ich habe mir immer vorgestellt, wie das wohl aussieht, wenn ich im Sommer in der Eisdiele sitze und ich mir rechts das Eis in den Mund reinschiebe und es dann links wieder raus läuft.... Nein, an diesen Gedanken wollte ich mich einfach nicht gewöhnen. Außerdem sieht das nicht wirklich schön aus.

Ich habe schlecht geschlafen. Was sollte sich schon in einer Nacht tun, in meinem Gesicht? Ich musste den nächsten Morgen nüchtern beim Chefarzt erscheinen. Ich saß im Wartebereich, vor seinem Zimmer. Doch da lief er schon an mir vorbei und sah mich. Im Vorbeigehen sagte er: „Sie sehen schon besser aus als gestern. Warten Sie, ich komme gleich." Und verschwand um die Ecke. Ich fühlte mich zwar schon ein bisschen besser als gestern, aber das man das schon sehen konnte? Als der Arzt mich später untersuchte, meinte er, dass ich wirklich nicht operiert werden müsste. Ich hätte ihm auf den Schoß springen können. Ich hätte ihn umarmen und knutschen können......!

"Super", sagte ich, „Das ist schön." Aufgrund meines nicht zu schließenden Auges, musste ich noch einen Augenarzt aufsuchen. Damit mein Auge nicht austrocknet, bekam ich Salbe verschrieben. Der Augenarzt fragte mich noch, ob ich ein Kribbeln verspüre? Im Gesicht? Nein, tue ich nicht. Doch nach ein paar Tagen wusste ich, was er meinte. Das kribbeln fing an. Zuerst am linken Nasenflügel, dann an der Oberlippe. Die Nerven kehrten wieder zurück. Hatte sie kurzzeitig verloren....

Es ging mir nun von Tag zu Tag besser. Am 16. Tag nach der Entbindung kam ich endlich nach Hause. Da ich mir meine Tochter noch gar nicht so ganz in Ruhe angeschaut hatte, hatte ja viel um die "Ohren", legte ich sie mir auf unser großes Ehebett und sah sie mir erstmal richtig an. Ist nicht jedes Baby das schönste auf der ganzen Welt? Josy ist so lebendig, strampelt mit ihren Beinchen, einfach zum knuddeln.
Mein Mann hatte sich Josy schon am 6. Tag nach der Entbindung, mit nach Hause genommen. Der stolze Vater möchte sie natürlich seiner Mutter vorstellen. Meine Schwiegermutter, eine herzensgute und liebe Frau, heißt alle neuen Erdenbürger der Familie, an der Haustürschwelle herzlich willkommen. Doch als mein Mann mit Josy über die Türschwelle trat, war sie gar nicht da. Sonderbar, ganz unüblich! Ja, wo war sie denn? Na, sie saß auf der Toilette. Sie hatte noch Jahre danach Probleme damit gehabt, meine Tochter nicht richtig willkommen geheißen zu haben. So ist

sie nun mal." Da kommt Volker mit Josy, und wo bin ich? Auf Klo!" Meine Schwiegermutter ist ganz entzückt von ihr. Sie ist eine stolze Oma. Es ist auch das erste Enkelkind, was sie jeden Tag sieht. Wenn nicht, dann ruft sie am 3. Tag an und sagt: „Wann kommt ihr denn wieder mal vorbei, ich habe euch so lange nicht gesehen?"

Josy ist wirklich ein lebhaftes Kind. Anders als meine Jungs es gewesen sind.
Sie konnte mit 10 Monaten schon laufen. Ich hatte oft Schwierigkeiten, sie überhaupt in den Sportwagen zu setzten. Meistens lief sie mehr neben dem Sportwagen, als dass sie drin saß. Ich habe dann den Entschluss gefasst, nachdem sie sich im Sportwagen mit dem „Sicherheitsgurt" fast erhängt hätte, ihr Schuhe zu kaufen. Und ich ließ sie jetzt nur noch laufen. Das hieß für mich nun, gut zu Fuß zu sein. Sie war immer zügig unterwegs gewesen. Ein gemütlicher Stadtbummel mit Schaufenster gucken, lag gar nicht drin. Ich muss eigentlich nur immer hinter ihr her und aufpassen, dass sie keinen Blödsinn machte. Ja, ich weiß, Kinder machen immer irgendein Blödsinn. Aber bei Josy war es anstrengend. Und ich habe schon zwei Jungs durch diese Phase begleitet. Anders, irgendwie anders.
Eines Morgens wachte ich auf und hörte Josy im Zimmer rumkrakelen. Ich stand auf, um nach-zusehen. Als ich ins Zimmer kam, war ich sehr überrascht. Sie stand da am Gitterbettchen und grinste mich an. Sie hatte wohl viel Freude daran

gehabt, ihr komplettes Bettzeug abzuziehen. Die ganzen Überzüge lagen im Bett verteilt. Josy war hier ca. 1 ½ Jahre alt. Dieses hat definitiv keiner meiner Kinder gemacht. Mädchen sind anders? Im Anschluss eines Museumsbesuches, wollten wir uns wieder auf den Heimweg machen. Der Weg zum Parkplatz ging ein wenig abschüssig hinunter. Josy, mit ihrem noch Watschelgang, fiel der Länge nach hin. Da ihr Gesicht den Asphalt streift, rannte ich voller Sorge zu ihr hin, um sie sofort zu trösten. Doch sie stand wieder auf, schubberte sich einmal über die Wange und ging weiter. Ich konnte nicht sagen, warum sie noch nicht einmal anfing zu weinen? Doch mein Mann hatte die Antwort schon parat." Sie ist halt ein Mädchen und ein echter Landhaus!" Na ja, soweit so gut. Aber fürs Erste reichte mir diese Begründung. Was hätte es sonst sein sollen? Sie trug eine schwere Asphaltflechte davon. Da Josy immer sehr aktiv war, machte sie auch sehr lange Mittagschlaf. Von ca. 12.30 Uhr bis 17.00 Uhr. Sie fällt auch jedes Mal richtig kaputt ins Bett. Und ich weiß auch hier nicht so richtig, warum das so war? Sie brauchte dann auch wieder ca. eine Stunde, um richtig fit zu werden, um von neuem, Blödsinn zu machen. Vor 22 Uhr geht dann gar nichts, mit ins Bett bringen und so. Man musste ständig hinter ihr her sein. Sie durfte keinen Augenblick alleine sein. Sie spielte auch nicht mit ihren Spielsachen, sie haute und kloppte mit den Sachen herum und machte es dadurch auch oft kaputt. Was mich auch bei manchen Spielsachen sehr geärgert hat. Das interessierte Josy aber herzlich wenig. Auch wenn ich ihr die Windel machte, trat sie mich immer dabei. Sie haute unkontrolliert um sich. Eine Brille ist schon dabei draufgegangen. Sie blieb auch nie auf meinem Schoss sitzen. Sie war ständig in Bewegung, und lief und hüpfte in der Gegend herum. Ich ließ sie auch gewähren. Denn was nützte es, wenn ich sie gegen ihren Willen festhielte? Obwohl, genau das vermisste ich bei ihr. Das Schmusen und Kuscheln. Sie einfach mal in den Arm nehmen und zu drücken. Aber sie ließ es nicht zu. Das kommt vielleicht noch?

Geburtstag meiner Freundin
Josy ist jetzt fast zwei Jahre alt, als wir zum Geburtstag meiner Freundin eingeladen sind. Sie hat im Juni Geburtstag und es war schönstes Wetter. Wir saßen im Garten und unsere Kinder spielten sehr gut miteinander. Sie spielten im Sandkasten und waren am schaukeln und rutschen. Ich wollte das heute mal genießen, mich einfach hinzusetzen und meinen Kaffee zu trinken. Aber in Ruhe. Ohne ein Auge auf Josy schmeißen zu müssen. Einfach mal nur da sitzen. Und sich keinen Kopf machen zu müssen, wo ist sie jetzt schon wieder? Was macht sie jetzt schon wieder? Vielleicht passt mein Mann wieder auf sie auf? Außerdem sind ja noch andere Kinder da. Wird schon nichts passieren. Ich saß, wahrscheinlich auch aus diesem Grund, mit dem Rücken zu Josy. Um einfach mal nicht aufpassen zu müssen. Was auch immer. Doch auf einmal sprach mich meine

Freundin an. Und sie fragte mich, ob das so richtig ist, wo Josy sich gerade drauf befand? Ich drehte mich ganz langsam um, und sah etwas, was mir fast den Atem raubte. Josy befand sich nämlich auf der obersten Querstange des Schaukelgerüstes. Und robbte auf dem Bauch den Balken entlang. Kinder sollen sich entfalten, aber nicht mit 2 Jahren auf der Querstange einer Schaukel. Ich sagte zu meiner Freundin: "Nein, das ist nicht richtig, wo meine Tochter sich gerade befindet." Ich stand also langsam auf und sprach meine Tochter an. „Fein machst du das. Toll, wie du das kannst. So weit oben bist du?" (ca. 2m vom Boden entfernt) Meine Tochter strahlte übers ganze Gesicht. So stolz war sie. Ich ging dabei langsam auf sie zu und als ich direkt unter ihr stand, bat ich sie, doch wieder zurück zu robben und dort schleunigst runter zu kommen. Und dieses nie wieder zu machen.

Beim Anziehen

Josy ist jetzt ca. 2 ½ Jahre. Ich hatte bei meiner Hausärztin einen Termin. Josy war mitgekommen und als die Untersuchung bei mir beendet war, raste Josy vom Behandlungsraum ins Wartezimmer hinein. Sie raste dort so schnell hinein, dass sie beinahe mit dem Stuhl durchs Fenster ging. Dieses Kind macht mich noch wahnsinnig. Das Fenster blieb zwar heile, Gott sei Dank, aber es war mir peinlich und zudem war ich einfach mit den Nerven am Ende. Darauf sagte ich zu meiner Ärztin: "Ich glaube, ich muss mit Josy mal irgendwann zum Kinder-Psychologen." Ich war immer öfter ratlos und musste jetzt etwas unternehmen. Das stand für mich jedenfalls fest. Darauf meinte sie: "Da warten Sie mal nicht so lange mit, ich mache Ihnen gleich eine Überweisung fertig."

Es dauerte noch einige Wochen, bis ich endlich einen Termin beim Psychologen hatte. Er arbeitet viel mit Kindern zusammen. Es war Ende des Jahres 2003, als ich bei ihm vorstellig wurde mit Josy. Josy hat im Nebenzimmer sofort das Spielzeug entdeckt. Sie gab dem Psychologen noch nicht einmal die Hand zur Begrüßung. Das tat sie sowieso nie. Bei keinem. Vielleicht empfand er es als unhöflich, aber ich wollte sie auch nicht dazu zwingen. Wobei ich wohl auf Höflichkeit und Freundlichkeit meiner Kinder gegenüber Erwachsenen achte. Durch ihr Verhalten war bei Josy aber vieles nicht möglich. Außerdem war sie auch nie da, wo man sie eigentlich gerne mal gehabt hätte. Ruhig neben einem stehend, irgendwo mal still sitzen...., alles nicht möglich. Sie blieb also im Spielzimmer und ich unterhielt mich mit dem Psychologen. Soweit ich ihm überhaupt Aufmerksamkeit schenken konnte. Denn ich hatte Josy nicht im Blickfeld und war ziemlich nervös. Er bat mich nun, Josy zu mir zu rufen. Sie kam aber nicht. Hätte ich ihm gleich sagen können. Aber was wusste er schon von Josy? Diesbezüglich fragte er mich dann auch über sie aus. "Kann sie gut sprechen? Sagt sie schon deutlich Worte oder Sätze?" Na, der kann Fragen stellen. Sie ist 2 ½ Jahre alt. Ich antwortete damals mit einem klaren "Ja, sie spricht schon deutlich." Konnten meine Jungs schließlich auch schon in diesem Alter. Aber ich sollte mich täuschen. Das kommt wahrscheinlich daher, das man immer sagt: „Die Mutter versteht ihr Kind immer." Und wenn ich sie doch mal nicht verstanden habe, schaute sie auf den Boden und zog von dannen. Der Psychologe stellte schnell fest, dass Josy "taktile Wahrnehmungsstörungen" hat. Dieses muss ergotherapeutisch behandelt werden. Ja, aber was heißt das genau? Die Erklärung folgte auf dem Fuße. Nämlich alles was mit anfassen und angefasst werden zu tun hat, also alles, was über das Sinnesorgan "Haut" geht ist für Josy nicht angenehm.

Wir hatten schon die darauf folgende Woche einen Termin bei der "Ergo". Da hatten wir das erste Elterngespräch zusammen mit meinem Mann und ohne Josy. Bei so einem Gespräch wird nach Ursachen gefragt. Angela, die Therapeutin, fragte mich, ob ich in der Schwangerschaft Stress gehabt hätte? Spontan antwortete ich mit "nein"." Die Schwangerschaft war nicht stressig." Sie notierte sich etwas in ihr Buch und ich hatte in diesem Moment Zeit über das gerade spontan Gesagte noch einmal nachzudenken. Wenn man Zeit hat, überlegt man. Manchmal ist das auch gut so. Jedenfalls bei mir. Ich erzählte ihr dann, dass ich im

8. Monat ja noch den Führerschein gemacht habe. Wir waren auch gerade dabei, unser Eigenheim zu bauen. Ach ja, und die beiden Nieren-beckenentzündungen hatte ich ja auch noch. Hier bekam ich auch noch Medikamente. Und zum guten Schluss hatte ich auch noch eine schwere Mittelohrentzündung. Ansonsten war nichts mehr. Sie schaute mich an und sagte: „Als Stressfaktor würde eines von diesen Dingen schon reichen." Aha, so ist das also. Angela erklärte uns noch einmal, was "taktile Wahrnehmungsstörungen" sind. Diese Kinder empfinden es als äußerst unangenehm, angefasst zu werden. Deshalb also immer "Josy auf der Flucht". Nun erklärt sich so Einiges. Diese Kinder hassen warme, weiche Sachen und lieben kalte, harte Dinge. Und um dieses unangenehme Gefühl loszuwerden, üben sie auf ihren Körper Druck aus. Hüpfen, springen etc. („Josy, unser Flummi kommt.") Sie hauen, statt zu streicheln. Selbst Kleidung auf ihrer Haut kann die Hölle sein, für solche Kinder. Sobald sie aus dem Kindergarten kommt fliegen die Klamotten in die Ecke. Als erstes immer die Socken. Dann noch schnell die Fussel zwischen den Zehen entfernen, dann flog die Hose und dann das T-Shirt. Ich habe es auch erlebt, dass Josy es sogar wehgetan hat, als ihr einmal eine Haarsträhne entgegengesetzt der Wuchsrichtung gelegen hat. Es war mir auch hier wieder ein Rätsel, was ihr dabei denn wehgetan hatte. Sie hatte sich weder gestoßen, noch war irgendetwas anderes zu sehen. Ich war damals sehr erleichtert, als ich die Erklärung

bekam, warum manche Dinge mit Josy so waren, wie sie waren. Endlich hatte ich eine plausible Erklärung für alle Ungereimtheiten. Ich konnte das Problem jetzt endlich fassen. Also war das Gefühl, dass bei Josy vieles anders ist, doch nicht immer so verkehrt!

Das Thema Anziehen:

Sie schrie schon wieder. Und es ist noch früh am Morgen. Ich habe ihr mehrere Anziehsachen zur Auswahl hingelegt. Und nun müssen wir aus dem großen Sortiment etwas für den Tag heraussuchen. Meine Tochter hat nämlich einen sehr eigenwilligen Geschmack, was Klamotten angeht. Schon seit sie 1 ½ Jahre alt ist. Frauen wissen eben schon von Kindesbeinen an, was ihnen steht und was nicht. Da ich nicht mit einer Hose und einem Pullover und einem T-Shirt zum aussuchen auskomme, lege ich ihr alles Mal drei hin. Doch oft genug gefällt ihr gar nichts davon. Pech für mich. Denn nun muss ich den Schrank aufs Neue durchsuchen. Und jetzt wieder drei Pullover, drei Hosen.......Beim zweiten mal habe ich dann meistens Glück. Aber auch nicht immer! Oft meint Josy, das die Pullover kratzen, scheuern oder ihr zu eng sind. Die Hosen schlabbern an den Beinen. Das mag sie nun gar nicht haben. Oft, nein, immer habe ich die Größenschilder   aus den T-Shirts, Hosen und Pullovern entfernen müssen. Nachdem wir nun schon eine geschlagene halbe Stunde am aussuchen waren, hat es jetzt endlich geklappt.

Doch pünktlich waren wir diesen Morgen nicht im Kindergarten. Wir waren erst nach dem Stuhlkreis da. Und morgen beginnt das gleiche Spiel von vorne.

Die erste Ergostunde stand an für Josy. Und ich war gespannt, was heute passieren würde. Sie durfte heute gleich in den großen Turnraum. Hier gab es ein "Bällebad". Eine Kletterwand und ein schräges Brett. Eine Therapiestunde dauert eine ¾ Stunde lang. Josy stürzte sich sofort ins Bällebad hinein. Sie tauchte unter die Plastikbälle, drehte sich darin hin und her und sprang immer wieder vom Rand aus hinein. Die Therapeutin und ich saßen auf der Bank und schauten ihr zu. Josy nahm die Therapeutin gar nicht wahr. Sie wollte Josy heute auch erst einmal beobachten. Als ich so auf der Bank saß, und ich ihr so zuschaute, kamen mir fast die Tränen. Denn, ich hatte Josy noch nie in einem geschlossenen Raum, fast eine Stunde lang beobachten können. Sie tat mir irgendwie leid. Wie sie dort rumtobte und völlig nass geschwitzt war. Aber sie hatte riesigen Spaß. Als ich sie ins Auto setzte, schlief sie 3 Minuten später ein. Die darauf folgenden Therapiestunden verliefen nicht anders. Ca. ab der 9. Therapiestunde bemerkte Josy, dass auf der Bank jemand saß. Nämlich die Therapeutin. Josy schaute sie unentwegt an. Die Therapeutin machte mich auf eine besondere

Therapieform aufmerksam. Sie fragte, ob wir nach der Wilbergertherapie behandeln möchten? Ich fragte sie, wie diese Therapie aussehen würde? Sie zeigte mir daraufhin eine Einmalnagelbürste. Diese werden hauptsächlich im OP-Bereich genutzt. Komisches Ding, dachte ich. Damit therapiert man Kinder? Na ja, abwarten dachte ich. Man ist ja offen für Neues. Schlimmer kann es ja wohl nicht werden. Angela nahm die Bürste in die Hand und wollte mir an Josy zeigen, wie ich mit der Bürste umgehen müsste. Sie wollte tatsächlich auf Josy zugehen und sie anfassen? Na, dann mal zu. Das wird wohl nix geben, dachte ich. Doch sie packte Josy fest am Arm. Sie setzte die Bürste bei ihr am Arm an und zog sie vom Oberarm bis zur Handfläche durch. Sie zog sie, was sehr wichtig war, mit Druck bis zur Hand hinunter. Das Ganze dreimal auf der Oberseite und dreimal auf der Unterseite des Armes. Dasselbe wird auch an den Beinen und auf den Rücken gemacht. Danach werden alle Gelenke kurz gestaucht. Bei dieser Bürstentherapie verbindet man Unangenehmes mit Angenehmen. Die pieksenden Borsten (unangenehm) mit Druck (angenehm) über den Körper ziehen. Oh Gott, ob ich das hinbekomme? Angela gab mir die Bürste in die Hand und ich sollte es selbst einmal ausprobieren. Ich traute mich kaum. Das hieß ja, ich musste Josy regelrecht festhalten dafür. Sie sträubte sich und mir war gar nicht wohl in meiner Haut. Für Josy war es wieder etwas Neues. Und damit konnte sie schlecht umgehen. Doch zu Hause, wo ich sie in Ruhe "bürsten" konnte, merkte sie schnell, dass ihr das irgendwie gut tat. Ich nahm mir eine Woche Urlaub dafür, um mit ihr einen Rhythmus zu bekommen. Denn ich sollte die Prozedur alle 2 Stunden, ca. 2 Wochen lang, durchführen. Die Therapeutin hatte auch erwähnt, dass sich am 5.-8. Tag dieser Therapie etwas tun würde mit Josy. Sie meinte damit, dass sie vielleicht noch mal "am Rad drehen" würde. Warum das so ist, konnte sie mir auch nicht erklären. Es finden wohl Prozesse im Gehirn statt, die sie nicht erklären kann. Ok, meinte ich. Ich werde darauf achten. Als ich am 3. Tag der Bürstentherapie, mit der Bürste ins Wohnzimmer kam, sagte ich zu Josy, dass wir wieder „bürsten" wollen. Sie streckte mir daraufhin „alle Viere" entgegen. Man, war das ein schönes Gefühl gewesen. Sie ließ es nun zu, dass man sie anfasst. Ich hätte heulen können. Das waren sehr beeindruckende Momente. Bei diesem Kind tat sich etwas. Sie veränderte sich. Es war ihr nun immer mehr ein Vergnügen, gebürstet zu werden. Wir hatten einen guten Rhythmus gefunden. Ich hatte mich streng an die Zeiten gehalten. Es klappte hervorragend.

Mein Schwager wurde 50 Jahre alt. Wir hatten eine Einladung bekommen und sind alle zusammen hingefahren. Josy ist seit heute Morgen schon ziemlich aufgekratzt. Sie ist kaum zu bändigen. Wahrscheinlich die Aufregung, weil wir zum Geburtstag fahren. Wir hatten schönes Wetter gehabt und feierten somit im Garten. Den ganzen Nachmittag war Josy nur am toben, hüpfen und rum springen. Es war heute wieder richtig anstrengend mit ihr. Und ich war genervt von der ständigen Aufmerksamkeit, die ich für sie aufbringen musste. "Lass das!", "Komm bitte weg davon!", "Mach langsam!", "Sei vorsichtig!" Es nervte ungemein. Auf der Rückfahrt im Auto nahm es auch kein Ende. Sie ärgerte ihren Bruder andauernd. Doch dann fiel es mir wie Schuppen von den Augen. Es war der 6. Tag der Therapie!! Die Therapeutin hatte also Recht gehabt.

Bevor ich weiter über Josy`s Werdegang schreibe, möchte ich hier erstmal die Diagnose mit Therapieplan auflisten von Josy`s Therapeutin so aufgeschrieben.
"ausgeprägte Taktile Defensivität mit:

-Störung der Aufmerksamkeit sowie der Konzentration
-Ausgeprägten, tiefensensiblen und vestibularen Sinneshunger

- Sprachentwicklungsstörungen
- Reizoffenheit und hohes Erregungsniveau
- Taktiler Überempfindlichkeit mit ausgeprägtem Flucht- und Abwehrverhalten"

Therapiebeginn: 01/2004
Durchführung der Summationstechnik nach
Wilberger (Bürstentherapie)

Bereits nach einer Woche weniger reizoffen, lässt
sich anfassen und sucht Körperkontakt

Nach 3 Wochen zeigt Josy ein angemessenes
Erregungsniveau, hört auf Ansprache und
Anweisungen, nimmt auch zur Therapeutin
verbalen Kontakt auf

-kein Fluchtverhalten bei taktiler Stimulation
-beginnendes Interesse an altersgerechten Spielen
und Materialien

In den weiterführenden Therapieeinheiten wurde
die taktile Verarbeitung gefördert durch:

Erbsenkiste	Klebe, Federn
Fingerfarbe	Wasserfarbe
Schaum	Tastspiele etc.

Die Feinmotorik verbessert sich zunehmend.
Aufmerksamkeit und Konzentration werden immer
besser.

Förderung der tiefensensiblen Wahrnehmung mit:

- Bewegungsparcours

- Knete
- Bällchenbad

Förderung der vestibularen und propriozeptiven Wahrnehmung mit:

- Hängematte und Seil
- Rollbrett

Altersgerechte Materialien werden eingesetzt, um die Entwicklungsdefizite aufzuarbeiten mit:

- Spiegelfarbe
- altersgerechte Spiele, Puzzle
- Handwerk

Josy lernt Arbeitsanweisungen umzusetzen, mit Regeln und Grenzen kommt sie immer besser zurecht."

Eine kleine Geschichte:
Eines Tages, ich bin mit Josy zu Hause, hatte ich wieder einmal das Bedürfnis, dringend zur Toilette

zu gehen. Haben wir ja alle mal. Da Josy noch klein ist, habe ich es mir angewöhnt, auch schon damals bei den Jungs, die Tür des Badezimmers offen stehen zu lassen, damit sie jederzeit weiß, wo ich bin und zu mir kommen kann. Dieses geschieht auch prompt. Nicht alle Düfte auf der Toilette sind angenehm. Das war heute auch so. Meine Tochter kam mich auf der Toilette besuchen und meinte dann:" Mama, das "dingt" hier aba." Ich muss dazu sagen, dass sie sich bis dato nicht einmal über irgendwelche angenehmen oder unangenehmen Düfte geäußert hatte. Ich war sehr überrascht gewesen. Ihre Empfindungen und Eigen-wahrnehmung hat sie so noch nie geäußert. Schön, das es jetzt so ist. In welchem Zusammenhang, ist ja egal. Schließlich gibt es sie. Da mich das tagelang beschäftigte, fragte ich in der darauf folgenden Ergo-Stunde ganz blöd: „Kann meine Tochter jetzt riechen?" Darauf antwortete die Therapeutin:" Riechen konnte sie schon von Geburt an, aber sie hatte bis jetzt keine **Zeit** dafür gehabt." Wie keine Zeit? Haben kleine Kinder nicht alle Zeit der Welt? Die Dinge zu erforschen, zu entdecken und zu untersuchen? Nein, wohl nicht alle. Seit diesem Tage an ging sie beim Einkaufen immer mit der Nase in die Regale hinein. Sie roch an allem, was ihr unter die Nase kam. Düfte wahr zu nehmen war eine neue Welt für sie. Das hatte zur Folge, dass sie nun auch am Essen herum-experimentierte. Sie aß bis jetzt eigentlich alles, nun aber wurde die Zunge sensibel dafür. Der Geschmack kam hinzu. Sie aß z.B. ein

Marmeladenbrot und als Beilage eine Gewürzgurke. Ich habe sie gelassen. Und mit Freude beobachtet, was für einen Spaß sie dabei hatte. Der Favorit war schnell gefunden. "Ketchup"! Kein Wunder! Denn, Ketchup ist das geschmacksintensivste Lebensmittel, was es gibt. Und das isst sie heute noch gerne. Josy hat riesigen Spaß bei der Ergo. Sie entdeckt viel Neues. Und das mit so viel Neugier und Spaß, das es einfach wunderbar ist ihr zuzuschauen, wie sie sich entwickelt. Jeden Tag entdecken wir an Josy Fortschritte. Ich habe oft versucht zu ergründen, woher die Wahrnehmungsstörungen kommen. Oft überlegt, ob ich etwas falsch gemacht habe. Oder vielleicht irgendetwas vergessen habe? Die genaue Antwort konnte mir bis heute keiner geben. Ich habe mir oft die Schuld daran gegeben, das Josy vielleicht "ganz normal" geworden wäre, wenn ich das Eine oder Andere anders gemacht hätte? Ich habe aber aufgehört, danach zu suchen. Was bringt es mir denn auch zu wissen, woher es kommt? Ist es nicht besser zu wissen, dass man dagegen etwas tun kann? Dass ich mein Kind bei der Entwicklung unterstützten kann? Das ich sie so akzeptiere, wie sie ist?

Anmeldung im Kindergarten

So, nun soll es für Josy in den Kindergarten gehen. Die Anmeldung stand an. Und zum Termin begegnete mir eine nette Kindergärtnerin zum Gespräch. Aufgrund von Josy`s

Wahrnehmungsstörungen musste ich natürlich die wichtigste Frage aller Fragen stellen. Kennen Sie sich hier im Kindergarten mit solchen Kindern aus? Die Frage war wichtig, da dieser Kindergarten kein Integrativkindergarten war. Ich wollte Josy natürlich in guten Händen wissen. Sie sollte optimal gefördert werden. In dem Gespräch wurde mir dann gesagt. Ja, sie würden sich mit solchen Kindern auskennen. Na, dann war ich beruhigt. Sie wissen also, worauf sie sich dann hier einlassen. So ein Kind kann einen nämlich ganz schön auf Trab halten. Und eine ganze Gruppe durcheinander werfen. Es muss dann gehandelt werden. Und zwar sofort! Wenn man merkt, dass Josy wieder einen hohen Erregungspegel hat. Am besten ist es dann, den Raum mit Josy zu verlassen und eine ruhige Ecke zu suchen. Im Tagesablauf eines Kindergartens stelle ich mir das sehr schwer vor. Aber wenn man sich damit auskennt, ist es wohl weniger ein Problem. Zum Schluss habe ich dann noch das Gespräch mit den Kindergärtnerinnen gesucht, in deren Gruppe Josy kommen soll. Was wichtig ist und worauf sie bei ihr achten müssen. Sie hatten immer ein offenes Ohr für mich.

Eines Tages stand der Geburtstag der Kindergärtnerin von Josy an. Es war an dem Morgen schon sehr unruhig und laut im Kindergarten gewesen, als wir zur Tür hereinkamen. Alle Kinder freuten sich schon auf den Geburtstag der Kindergärtnerin. Morgens schon so aufgedreht, wie sieht es dann mittags aus? Ich hatte ein mulmiges Gefühl gehabt. Ich kenne das schon. Josy wird dann mittags wahrscheinlich wieder völlig "durchknallen"! Und mein Flummi wird wieder hüpfen und springen. Als ich sie dann gegen Mittag wieder abholte und die Tür zu ihrer Gruppe aufging, wurde Josy mir prompt vor die Füße geschoben mit der Bemerkung: „Josy war ja furchtbar heute!" Und ab dafür. Mir blieb der Mund offen stehen. Und das kommt selten vor. Zu Hause holte mich die Situation wieder ein und ich wurde furchtbar wütend. Was glaubt sie eigentlich? Mir vorzuhalten, wie Josy sich aufführt. Ich weiß das. Und die Kindergärtnerin weiß es doch auch, wie Josy so ist.

In meiner Wut wollte ich gleich morgen zur Kindergartenleitung gehen. Doch ich kam wieder zur Besinnung. Erst einmal sollte ich das Gespräch mit der Kindergärtnerin suchen. Wenn ich dann auf taube Ohren stoße, kann ich ja immer noch zur Leitung gehen. Ich habe die Nacht sehr unruhig geschlafen. Das Kind kann ja nichts dafür. Am nächsten Morgen war ich etwas früher im Kindergarten gewesen. Ich wollte die Situation von gestern mit ihr alleine klären. Sie sah mich und wir gingen aufeinander zu. Ich sagte dann: „Wir müssen noch mal über die Sache von gestern reden, wo du mir Josy am Ende rausgeschoben hast!" Sie sagte darauf: „Ja, ich weiß. Im Nachhinein habe ich über die Situation noch mal nachgedacht. Und ich weiß, das war falsch. Es tut mir leid, es kommt nicht wieder so vor." Auf diese Antwort war ich echt nicht gefasst gewesen. Und ich hatte mich schon auf ein längeres Gespräch eingestellt. Aber wenn es so läuft, noch besser. Super, ich war froh mit ihr auf so einer Basis reden zu können. Und wir waren uns schnell einig, dass die Sache hiermit erledigt war.

Eigentlich waren die Kindergärtnerinnen immer daran interessiert, Josy so gut wie möglich zu unterstützen. Sie haben das Angebot auch nicht ausgeschlagen, uns zusammen mit der Ergotherapeutin zu treffen. Hier konnten Sie Fragen stellen, die wichtig waren für das Zusammenleben während der Kindergartenzeit. Ich bin hier immer auf viel Verständnis gestoßen und wir haben viel miteinander gesprochen. Die Kindergärtnerinnen haben sogar „Fühlkisten" aufgestellt (sie waren mit Bohnen gefüllt). Auch ein Bällebad war in diesem Kindergarten vorhanden gewesen. Hier konnte sich Josy dann zurückziehen, wenn sie wieder einen Rückzugsort brauchte, um sich wieder zu sammeln. Josy hat das mit der Zeit dann oft alleine für sich entschieden. Anfangs saß sie oft auf der Fensterbank und schaute nach draußen. Abgewandt vom Geschehen im Raum. Insgesamt war ich während der ganzen Kindergartenzeit sehr zufrieden. Die Zusammenarbeit hat gut geklappt. Und ich würde es jederzeit wieder tun. Es freut mich, dass der Kindergarten diese Herausforderung angenommen hat.

Die Kindergartenzeit neigt sich dem Ende zu. Es ist eine Übernachtung im Kindergarten angesagt. Wir, mein Mann und ich, hatten uns für diesen Abend etwas Schönes vorgenommen. Wir wollten diesen Abend genießen. Das war sonst schlecht möglich.

Ob Josy wohl durchhält? Müssen wir sie doch noch am späten Abend wieder abholen? Schafft sie das ohne uns? Weint sie, wenn wir nicht da sind? Es war schließlich das erste Mal, dass sie irgendwo anders übernachtet. Und dann auch noch ohne Mama oder Papa. Mein Handy lag neben meinem Teller parat. Andauernd schaute ich drauf. Mein Gott, es nervt mich selber. Ein entspanntes Essen war es nicht. Als wir an diesem Abend ins Bett gingen, stellte ich mir mein Haustelefon und mein Handy mit ans Bett. Sollte doch was sein bin ich gleich am Telefon. Dennoch schlafe ich dann beruhigt ein. Am nächsten Morgen war um 9.00 Uhr Frühstück, mit den Eltern im Kindergarten. Und ich war gespannt wie ein Flitzebogen, wie es Josy so gefallen hat? Ich begrüßte Josy herzlich und nahm sie fest in den Arm. Sie erzählte mir sofort ganz aufgeregt, dass sie gestern Abend noch einen Zahn verloren hatte. Vorne, der obere Schneidezahn. Sie zeigte mir die Lücke. Sah lustig aus. Der ausgefallene Zahn befindet sich nun in einer kleinen Dose. Das klappert so schön, wenn man die Dose schüttelt. Doch plötzlich fängt Josy an zu weinen. Ich fragte gleich nach, ob denn etwas passiert sei? Habe ich es mir doch gedacht. Sie hatte Heimweh, und die Kindergärtnerin hat mich nicht angerufen. Toll, dachte ich. Ein Trauma für das Kind. Für mein Kind. Musste das denn sein? Sie wird nie wieder woanders schlafen. Josy hatte sich wieder ein bisschen beruhigt und antwortete dann: „Nein, ich habe soo einen Hunger!" Ich beruhigte sie, und sagte ihr, dass das

Frühstück gleich anfängt. Ich schaute mich noch eben in dem Raum um, in dem Josy geschlafen hat. Sie lag neben ihrer besten Freundin. Freudig erzählte sie mir, dass sie noch lange mit ihr gequatscht hatte. Und ihre andere Freundin habe immer mal wieder geweint in der Nacht. Es ist aber kein Kind wegen Heimweh nach Hause gefahren worden. Toll, sie sind doch schon große Kinder. Josy erzählte mir, dass sie auch ein wenig geweint habe. Sie hatte sich dann schnell ein Taschentuch genommen und die Tränen schnell weggetupft.
Endlich begann das Frühstück. Josy vertilgte 2 ½ Brötchen. Sie hatte wirklich Hunger. Die Erzieherin erzählte mir noch, dass Josy in der Nacht (so um 5.00 Uhr) wach wurde. Man hatte ja Tags zuvor einen Zahn verloren. Und man musste jetzt gucken, ob der Zahn noch da ist. Am besten hört man das, indem man kräftig mit der Dose schüttelte. Die Erzieherin, davon natürlich wach geworden, meinte zu ihr nur: „Josy, der Zahn ist noch da. Schlaf jetzt weiter!"

"Eine Bettgeschichte"

Josy schlief immer noch in ihrem kleinen Kinderbett. Nun hatten wir vor, ihr ein großes Bett ins Zimmer zu stellen. Diese Idee stellte sich im Nachhinein als Katastrophe heraus. Volker und ich holten also das große Bett vom Dachboden herunter und zeigten es Josy. Wir redeten mit Engelszungen, wie schön doch so ein großes Bett ist. Josy sei ja auch schon so groß, und das wäre doch schön, in so einem Bett zu schlafen. Dachten wir jedenfalls. Doch sie weigerte sich strikt dagegen, das neue Bett aufstellen zu lassen. „Wir lassen dir das kleine Bett auch noch gerne stehen, heute Nacht. Falls du doch noch Lust hast darin zu schlafen, kannst du das dann immer noch tun." "Nein" und nochmals "Nein", kam die Antwort. Sie lief immer wieder aufgeregt die Treppe zum Dachboden, hoch und runter. Sie ließ sich überhaupt nicht wieder beruhigen. Ok, dann eben nicht. Also, kurzerhand das große Bett wieder nach oben gebracht. Doch nun fing der "Trouble" erst richtig an. Wir wollten ihr doch nur einen Gefallen tun! Haben aber genau das Gegenteil damit erreicht. Denn, von diesem Tage an, schlief Josy nicht mehr so in ihrem Bett ein, wie wir es von ihr bis dato gewohnt waren. An diesem Abend, als ich sie ins Bett bringen wollte, ist sie wieder sehr unruhig und hüpfte hin und her. Sie ließ sich kaum bändigen. Sie schlief überhaupt nicht ein. Noch nicht einmal, nachdem ich ihr eine Geschichte vorgelesen hatte. Da hilft eigentlich nur eines. Ich blieb noch bei ihr sitzen und massiere ihren Rücken. Warum fand sie das jetzt überhaupt nicht gut? Ich weiß es wieder einmal nicht. Freut sich denn nicht jedes Kind, endlich in einem großen Bett schlafen zu dürfen? Beim Massieren kam ich auf den Gedanken, es kann nur das große Bett gewesen sein. Aber warum?

Die nächsten Abende verliefen dann so: Josy brauchte ca. 2 ½ Stunden zum Einschlafen. Ich saß diese Zeit bei ihr am Bett und massierte sie dabei. Dann schlief sie endlich ein. Ich verließ das Zimmer dann fast fliegend. Nicht das sie jetzt wieder wach wird...... denn dann fing dasselbe Theater von vorne an. Sie schlief ca. eine halbe Stunde und wanderte dann mit ihrem kompletten Bettzeug zu uns in die "Bettmitte". Hier blieb sie dann bis zum nächsten Morgen. Wofür habe ich eigentlich zweieinhalb Stunden vor ihrem Bett gesessen? Ja, genau, damit mein Hinterteil eine schönere Form bekommt.

Ich muss dringend mit dem Kinderpsychologen sprechen. Damit ich weiß, wie ich das wieder rückgängig machen kann. Damit wir wieder unser Bett für uns haben. Bei der nächsten Ergostunde sprach ich mit der Ergotherapeutin über die laufende Therapie. Dabei erwähnte sie auch, dass jede Veränderung in Josy`s Tagesablauf ihr absolut nicht gut tun würde. Sie reagiert jetzt noch zu sehr auf Veränderungen. Bingo! Das hätte ich vor drei Tagen wissen müssen. Ich erzählte ihr die Geschichte mit dem großen Bett. Angela empfahl mir dann, Josy einen "Bohnensack" auf den Bauch oder Rücken zu legen. Sie bekäme damit ein besseres Körpergefühl. Und könne so besser einschlafen. Es klang sinnvoll, und wurde sofort in die Tat umgesetzt. Ich hockte dann nicht mehr 2 ½ Stunden vor dem Bett, sondern nur noch 1 ½ Stunden. Sie schlief jetzt zweieinhalb Stunden, bevor sie zu uns rüber wanderte. Es war immerhin ein kleiner Erfolg, wenn auch nicht der gewünschte. Ich musste dringend den Psychologen erreichen. Er hatte aber immer nur so kurze Sprechzeiten. Und wenn es mir dann kurz vorher wieder einfiel, waren entweder bis dahin noch eine halbe Stunde Zeit oder die Sprechstunde war gerade 10 min. vorbei. Es gelang mir einfach nicht, den Termin einzuhalten. Somit zog es sich ca. 3 Monate hin. Die Verfolgungsjagden nach meiner Tochter waren einfach sehr zeitaufwendig gewesen. Doch dann klappte es endlich. Als ich bei ihm im Sprechzimmer saß, erzählte ich ihm die Geschichte von dem Vorhaben, für Josy ein größeres Bett aufzustellen. Wir aber schnell bemerkt hatten, dass ihr dieses missfiel und uns dann dazu entschlossen haben, das Bett nicht aufzubauen. Es scheint Josy aber so durcheinander gebracht zu haben, dass sie nun nicht mehr durchgehend in ihrem Bett schläft. Er antwortete mir, dass wir sie auf jeden Fall in ihr Bett schicken sollen. Zitat: „Sie kann alleine schlafen, und sie schläft alleine!" Wir sollen sie konsequent immer wieder in ihr Bettchen schicken. Dieses könnte sich zwar etwa drei Wochen lang hinziehen, aber der Erfolg würde sich einstellen. Noch drei Wochen? Ich gehe ja jetzt schon auf Brustwa......! Egal, hatte jetzt von ihm eine klare Antwort auf meine Frage. Diese gute Nachricht erzählte ich auch meinem Mann. Darauf meinte er: „Na toll, drei Wochen? So lange noch?" ich darauf: "Also Schatz, wir haben jetzt schon drei Monate das Spiel mit dem Einschlafen, da kommt es auf drei Wochen auch nicht mehr an." Konsequenz heißt das Zauberwort. Am gleichen Abend noch vollzogen wir nun, was wir schon viel eher hätten tun müssen. Im Nachhinein kann man immer schlau reden! Wir gingen mit ihr Zähneputzen, waschen und dann die Pampi noch um. Dann, ab ins Bett und eine Geschichte ausgesucht. Danach verabschiedete ich mich von ihr mit den Worten: „Schlaf gut, meine Süße. Wir sehen uns dann morgen." Prompt fing sie an zu schreien und zu toben. Sie wollte nicht ins Bett, und das machte sie uns sehr deutlich klar. Ich ging dennoch die Treppe runter (Konsequenz halt) und ließ mich nicht darauf ein, sie zu trösten oder auf den Arm zu nehmen. Es tat mir in der Seele weh, zu sehen, wie sie weinte und todunglücklich war. Mein Mutterherz blutete. Sie kam natürlich hinter mir her gelaufen. Sie rannte förmlich. Doch ich drehte mich zu ihr um, nahm sie bei der Hand und begleitete sie wieder ins Bett zurück. Diese Prozedur zog sich so vier- bis fünfmal hin. Dann lag sie erschöpft und müde im Bett. Sie schlief endlich ein. Meine Nerven lagen blank. Und der Abend war hinüber. Einer von vielen!

Die Stimmung ist immer sehr gereizt, wenn solche Vorfälle stattfinden. Wenn ich so darüber nachdenke, waren eigentlich die ganzen letzten Jahre eine "gereizte Zeit." Der Mensch ist einfach ein Gewöhnungstier. Ich freute (ironisch!) mich schon auf die nächsten Tage. Mein Nervenkleid ist einfach nicht mehr das Beste. Der nächste Abend verlief genauso. Dreimal wieder ins Bett schicken.

Und immer wieder das Kind hinlegen, obwohl es tobte und schrie. Der dritte Abend verlief auch nach demselben Muster, nun war es aber nur zweimal, das wir Josy wieder ins Bett schicken mussten. Am vierten Abend passierte folgendes: Das Ritual war wie jeden Abend, dasselbe. Der Gutenachtkuss war, wie immer, nur angedeutet. "Schlaf gut und bis morgen." Ich ging die Treppe hinunter und es folgte mir diesmal keiner. Ich war schon ganz irritiert. Na, vielleicht kommt sie gleich, wenn ich gerade auf die Couch sinke. Ich wartete. Innerlich schon wieder auf "Kampf" eingestellt. Wenn man das so sagen kann? Kann man. Nein, da war sie wieder, die Konsequenz. Es kommt aber keiner die Treppe runter. Den ganzen Abend nicht. Mann ist das toll. Wir haben es geschafft. Keine drei Wochen, sondern nur drei Tage. Sie kam auch nicht mehr in unser Bett gekrabbelt mit ihrem ganzen Bettzeug. Ich möchte hierbei aber betonen, dass ich nichts dagegen habe, wenn einer unserer Kinder sich mit bei uns ins Bett kuschelt. Sie können jederzeit zu uns kommen. Wenn Josy jetzt zu uns ins Bett kommt, sucht sie vorsichtig Körperkontakt. Sie legt entweder einen Fuß an mein Bein an oder schmeißt ihren Arm auf meine Brust. Dabei wird eingeschlummert und richtig genossen. Es ist einfach schön, wenn Josy diesen Kontakt sucht. Ich spüre mein Kind ganz intensiv dabei. Das, was ich all die Jahre so vermisst habe bei ihr. Für mich ist das momentan ein kleiner Schritt, für Josy ein ganz großer. Wir kommen voran. Das ist mir wichtig. Und nicht, wann mein nächster Frisörtermin ist.

So langsam ist es an der Zeit, Josy die "Pampi" abzugewöhnen. Unser erster Versuch soll starten. Schließlich ist sie schon fast drei Jahre alt. Mein ältester Sohn war schon mit zwei Jahren komplett trocken. Und der Mittlere war mit 2 ½ Jahren trocken. Zuerst versuchte ich es mit dem Töpfchen. Mit dem haben die Jungs auch als erstes angefangen. Meine Schwiegermutter sponserte das Töpfchen. Der Topf war schon etwas älter gewesen. Die Farbe Orange wies eindeutig darauf hin. Wie bei meinen Söhnen stellte ich den Topf erst einmal zum Anschauen ins Wohnzimmer. Es ist Sommer, und Josy läuft zurzeit sowieso ohne Windel rum. Also gute Startchancen dafür. Ich erklärte ihr, dass sie nun dort ihr "Geschäft" machen kann. Dabei blieb es und ich ließ sie jetzt mit dem Topf alleine. Sie fand ihn wohl ganz lustig, diesen Topf. Josy probierte ihn auch aus. Ich lobte sie jedes Mal danach. Ja, dann waren wir jetzt wohl auch bei ihr so weit. Schön das es so toll klappt. Am Abend, wenn es ins Bett geht, möchte sie die Windeln doch noch umhaben. So soll es sein. Sie entscheidet, wann es die richtige Zeit dafür ist. Eines Abends entschied sie sich dann doch, es einmal zu versuchen. Super, denke ich, der Anfang ist gemacht. Doch sie nässt über Nacht das Bett ein. Absolut peinlich für sie. Sie verlangt am nächsten Abend wieder nach ihrer Windel. Es ist okay. Wir haben jede Zeit der Welt. Ich möchte Josy nicht drängen, sondern **sie** soll entscheiden, wann es soweit ist. Doch bis es endlich soweit war, sollten noch einmal fast zwei Jahre vergehen.

Josy suchte mittlerweile immer mehr Kontakt zu uns. Sie hielt sich vorwiegend in meinem Umfeld auf. Sie schaute mich jetzt auch direkt an, wenn sie mit mir sprach. Wenn ich von sprechen rede, dann meine ich eigentlich, das Josy zurzeit noch ihre "eigene Sprache" hat. Mir ist es die Jahre über nicht so aufgefallen. Wie gesagt, der Mensch ist ein Gewöhnungstier. Ja, auch ich gehöre dazu. Wenn ich jetzt darüber nachdenke, dass wir uns viel mit Zeichensprache unterhalten haben, kann ich das fast nicht glauben. Aber es war so. Alles andere haben wir uns vom Gesicht abgelesen. Man kann in einem Gesicht viel ablesen. Ist man traurig oder heiter? Ist man wütend oder enttäuscht? Ein "Ja" oder "Nein" natürlich dementsprechend mit Kopfschütteln. Solche Dinge wachsen langsam. Sprich, die Kommunikation. Deshalb bemerkt man solche Veränderungen nicht sofort. Ich jedenfalls nicht. Ich gebe es ja zu, ich hatte kein offenes Auge dafür. Und es würde, glaube ich, heute noch so sein, wenn nicht die Ergotherapeutin ihren Teil dazu beigetragen hätte, genau dieses abzustellen. In einer Therapiestunde hielt sie mich dazu an, nicht mit Josy "Kontakt" aufzunehmen. Sie sagte zu mir, dass Josy sich äußern kann, und sie möchte jetzt, dass sie das auch ihr gegenüber tut. („Was will sie denn jetzt von mir? Was fällt ihr ein, mich so zu Recht zu weisen?") Ich fühlte mich arg auf den Schlips getreten. Als ob ich etwas falsch machen würde? Die Therapeutin holte zwei Spiele aus dem

Schrank. Sie drehte sich zu Josy um und fragte sie, welches der Spiele sie jetzt mit ihr spielen möchte? Sofort nahm Josy Augenkontakt mit mir auf und "teilte" mir mit, dass sie keines von beiden Spielen mit ihr spielen wollte. Ich wollte gerade für Josy "übersetzen". Jetzt ertappte ich mich dabei. Es stimmt wirklich. Ich helfe ihr immer wieder "Gesagtes" zu übersetzten. Aber ich will doch helfen!? Ich äußerte mich jetzt aber nicht. Ich drehte mich zur Seite weg, um **ihr** jetzt die Antwort zu überlassen. Es fiel mir wirklich schwer, ihr nicht helfen zu dürfen. Schließlich hatte **ich** ja bis jetzt immer für sie geantwortet. Sie hatte mir gerade schon „geantwortet." Und ich wusste, was sie wollte. Doch weiß das auch die Therapeutin? Die Therapeutin fragte sie noch einmal, welches Spiel von den Beiden sie denn jetzt spielen möchte? Da zeigte Josy plötzlich auf eines der beiden Spiele. Dieses wurde dann auch sofort gespielt.

Ich war über mich selber erstaunt. Denn nun habe ich das erste Mal gesehen, wie verbunden ich mit Josy eigentlich schon war. Diese Situation hat mir gezeigt, dass das so nicht weitergehen konnte. Diese Art der Kommunikation durfte und sollte nicht so weitergeführt werden. Immerhin waren wir jetzt auf einem guten Weg. Immer häufiger überließen wir Josy die Entscheidung, was sie möchte und was nicht. Wir reagierten immer weniger auf Gesichtsmimik und Augenkontakt. Sie sollte sich jetzt verbal äußern. Das klappte immer besser. Dennoch verstanden wir nicht immer alles, was Josy uns mitteilen wollte. Doch statt darauf wütend oder zornig zu reagieren, senkte sie nur den Kopf und ging einfach weg. Das tat mir dann jedes Mal für sie sehr leid, wenn ich sie nicht verstanden habe. Ich bat sie dann meistens, mir die Dinge, die sie wollte, doch einfach zu zeigen. Man kann aber nicht auf alle Dinge zeigen, die man gerne wollte. Manchmal war es ja auch nur ein Gefühl oder ein emotionaler Wunsch, den sie uns mitteilen wollte. Sie wollte vielleicht gerade wissen, ob sie mit ihrer Freundin spielen darf? Es war manchmal sehr schwer, sie zu verstehen. Auch wenn man immer sagt, "Eine Mutter versteht ihr Kind immer". Tut sie aber eben nicht immer. Und was gibt es schlimmeres, als sein geliebtes Kind nicht zu verstehen? Wünsche, die es hat, nicht erfüllen zu können? Ich möchte doch, dass sie glücklich ist. Dass sie Freude am Leben hat und viele neue Dinge entdeckt. Doch wenn man die Dinge nicht kennen lernt, weiß man nicht mit ihnen umzugehen, sie zu deuten, um sie dann umzusetzen. Dass sie in ihrem Leben zurecht kommt, so wie du und ich.

Die Ergo machte immer bessere Fortschritte. Ich genieße jeden Augenblick, wenn sie zu mir Kontakt aufnimmt. Aber ich bedränge sie nicht. Wenn sie den Kontakt sucht, freue ich mich. Und wenn sie wieder "unterwegs" ist, lasse ich sie unterwegs sein. Ich werde den Tag nie vergessen, als Josy im Haus, schon eine ganze Zeit umherlief. Ich saß in der Küche am Küchentisch. Sie kam zu mir und erzählte mir etwas. Sie stand jetzt ganz nah bei mir. Doch plötzlich setzte sie sich bei mir auf den Schoß. Sie war nun ca. 3 ½ Jahre alt. Ja, es war das allererste Mal überhaupt, dass sie sich bei mir, von sich aus auf den Schoß setzte. Am liebsten hätte ich sie sofort ganz feste gedrückt. Mir kamen fast die Tränen. Es war so schön gewesen. Da ging mein Mutterherz richtig auf. Im Vergleich zu meinen Söhnen, die sich normal entwickelt haben, sehe ich bei Josy jeden Tag etwas Neues. Es ist einfach spannend und aufregend zugleich.

Man nimmt viele Dinge einfach so hin, dabei ist der Mensch so individuell. Jeder auf seine Art. Vieles ist selbstverständlich. Man sieht es manchmal einfach nur nicht immer, dass das einen Menschen ja so einzigartig macht. Ich habe dafür jetzt einen anderen Blickwinkel bekommen.

Wir waren bei meiner Schwiegermutter zu Besuch. Sie freute sich jedes Mal, wenn wir kamen. Sie war mittlerweile schon über siebzig Jahre alt. Ich verband diese Besuche jedes Mal damit, sie ein bisschen zu unterstützen. Mein Schwiegervater litt an Demenz. Und es war auch einfach schön, bei ihr zu sein. Sie war eine gute Freundin für mich geworden. Ich lebe weit ab von meiner Familie, die im Norden wohnen. So war meine Schwiegermutter jetzt immer ein guter Ansprechpartner in allen Dingen gewesen.

Immer, wenn wir bei meiner Schwiegermutter waren, setzte sich Josy, sehr oft, in einen kleinen Einkaufskorb, von ihr. Er war aus Plastik gewesen. Wir fanden das immer sehr amüsant. Sie hatte diesen in der Küche stehen. Als kleines Hilfsmittel für sich. Wenn sie in den Keller musste, nahm sie ihn immer mit. Sie packte dann diesen Korb voll mit Sachen, die sie oben in der Küche brauchte. Wir konnten uns lange keinen Reim darauf machen, warum Josy so einen Spaß daran hatte, sich in diesen kleinen Korb zu zwängen. Wir haben nur gesehen, dass es ihr Freude machte. Also ließen wir sie gewähren. Sie hatte diesen Korb von Anfang an in Beschlag genommen. Von ganz klein an. Josy versteckte sich auch häufig unter der Arbeitsplatte, hinter dem Mülleimer. Nach der Diagnose wussten wir dann auch, warum sie dies so gerne machte. Das "Engegefühl" in diesem Korb war ein großer Genuss für sie. Dann spürte sie sich wieder. Und es ging ihr wieder gut.

Mai 2005
Taufe von Geena (Cousine von Josy)
Ich bin zur Patentante auserwählt worden. Am Morgen vor der Taufe fuhr ich, mit Josy zusammen, nach Oldenburg.
Auto fahren ist immer sehr angenehm mit Josy. Also wird es morgen früh ein entspanntes aufstehen geben.
Denn nächsten morgen ist um 10 Uhr schon Kirche angesagt. Und die Hektik ist natürlich schon vorprogrammiert. Doch es klappte alles gut und wir fuhren zusammen zur Kirche. Dort angekommen, stellen wir schnell fest, dass es voll werden wird in der Kirche. Dann mal hinein in die gute Stube. Beim betreten der Kirche sahen wir, dass der Mittelgang mit einem schönen, gemusterten Teppich ausgelegt war. Selten so etwas gesehen!

Eigentlich noch gar nicht! Josy fühlte sich sofort wie zu Hause. Dann ziehen wir uns doch mal als erstes, die Schuhe aus. Eben wie zu Hause. Ich ließ sie gewähren, und machte mir aber dennoch wieder meine Gedanken dazu. Was denken denn jetzt wieder die Anderen von mir? Schließlich habe ich meiner Tochter beigebracht, dass man sich die Schuhe auch in fremden Häusern auszieht. Was hatte sie denn jetzt falsch gemacht? Eigentlich doch gar nichts. Oder?

Ich wartete gespannt auf die Taufzeremonie. Die Küsterin stellte für die kleinen Kinder, die als Anhang mit dabei waren, einen Korb mit Kinderbüchern in die Kirchbank. Diese blieb auch nicht lange unentdeckt. Und Josy kümmerte es nicht im Geringsten, was jetzt vorne alles so passierte. Die Bücher gingen nun in ihre Hände über. Und dann werden sie einem nach dem anderen, meiner Schwägerin in die Hand gedrückt. Bald sind alle Bücher durch die Hand meiner Schwägerin gewandert und zurück in den Korb gelegt worden. Fertig! Und was mache ich nun? Der Pastor hielt immer noch seine Rede. Um ihm zu zeigen, dass es ihr äußerst langweilig ist, und sie auch noch da ist, legt Josy sich nun am Ende des Teppichs, wo jetzt auch der Pastor stand, bäuchlings auf den Teppich hin, und stützte ihren Kopf auf ihren Händen ab. Der Abstand beträgt ca. 30 cm zu ihm. Der Wink mit dem Zaunpfahl wurde verstanden und der Pastor war auch prompt mit der Rede fertig. Und Geena erhielt ihre Taufe. Es war eine schöne Feier.

Hochzeit unserer Nachbarn

Auch hier gibt es noch eine nette Geschichte.
Wir waren eingeladen bei unseren Nachbarn zur
Hochzeit. Unsere Jungs haben keine Lust daran
teilzunehmen. So gingen wir also mit Josy
zusammen zur kirchlichen Trauung. Es war schön
warm draußen. Die Sonne schien, was wollten wir
mehr? Heute genügte es eine Bluse anzuziehen.
Mein Mann ein schickes Hemd und Josy ein Kleid.
Sie hatte sich ihr Kleid selber ausgesucht. Und
möchte es heute auch gerne anziehen. Alles klar,
dann weiß ich wenigstens, dass sie das, was **sie**
sich ausgesucht hat, dann auch wirklich trägt und
anbehält. Und es nicht wieder zwickt und zwackt.
Oder gar zu eng ist oder, oder etc ....!
Die Hochzeitszeremonie fing an. Und ein toller
Gospelchor fing an zu singen. Josy war heute
irgendwie unruhig. Sie blieb auch nicht still sitzen.
Sie turnte über die Bänke. Sehr unpassend in der
Kirche. Alle Leute schauten einen an, weil wir unser
Kind nicht **in** der Bank sitzen haben. Ich versuchte,
ihr gut zuzureden und sie davon abzuhalten, auch
noch auf den Kirchbänken zu balancieren. Ich hatte
natürlich auch Angst, dass sie abrutscht und sich
dabei wehtut. Da man mit einem langen Kleid so
schlecht klettern kann, wird dieses kurzerhand
auch noch ausgezogen. Mein Gott, wie peinlich! In
der Kirche „oben ohne"!? Das geht nun wirklich

nicht!! Ich rutschte schon ganz nervös hin und her und hatte die Augen nur noch auf Josy gerichtet.

Hat die Braut schon „JA" gesagt?

Nun war es aber zu viel des Guten. Die Leute fühlten sich jetzt aber doch gestört. Und ich entschied mich, mit Josy ein bisschen nach draußen zu gehen. Vor die Kirche. Hoffentlich verpasse ich nicht das „Jawort"!

Josy hüpfte und lief draußen erst einmal herum. War genau im richtigen Moment gewesen. Auch für mich! Nach einer Weile gingen wir wieder in die Kirche hinein. Wir wollen doch das „Jawort" mitbekommen. Ich versuchte, so unauffällig wie möglich, mich wieder mit Josy hinzusetzen. Doch da standen die Leute plötzlich alle auf! Und die Kirchentüren öffneten sich. Oh, schon alles vorbei?

Ich habe vielleicht viele kleine Dinge verpasst, durch Josy, aber viele neue große Sachen entdeckt mit Josy!

Ich habe bei der Ergo viele Hilfsmittel kennen gelernt, wie ich Josy darin unterstützen kann, ein besseres Körpergefühl zu bekommen. Dazu gehörten auch kleine Baumwollsäckchen, gefüllt mit Bohnen. Ich habe diese Säckchen zu Hause selbst genäht. Und dann mit Bohnen befüllt. Und wenn Josy das Bedürfnis hatte, nahm sie sich dann einen Sack und spielte damit. Sie legte sich die Säckchen auf den Schoß oder warf sie von einer Hand in die Andere. Auch eine Kiste voller Bohnen habe ich ihr fertig gemacht. Dort hat sie ihre Hände hineingedreht. Mit Vorliebe stellte sie sich auch ganz in diese Kiste hinein. Stampfte mit den Füßen darin herum. Hüpfen war auch ganz toll. Es hieß dann nur im Nachhinein, alle Böhnchen wieder fleißig einzusammeln. Das Größte war es, sich ganz in diese Kiste hineinzusetzen. Ich brauche, glaube ich, nicht erläutern, wie dann das Zimmer aussah? Lustig waren die Spiele, die wir mit der Bohnenkiste gemacht haben. Wir haben kleine Gegenstände darin versteckt. Und abwechselnd haben wir die Sachen wieder rausgesucht. Optimal waren hierfür Murmeln geeignet. Josy war sehr darauf bedacht, hier ihre Lieblingskugeln zu finden. Ein wahrer Genuss für sie ist es auch, massiert zu werden. Noch heute schläft sie unter meiner Hand ein, wenn ich sie auf dem Rücken massiere. Seit sie zur Schule geht, habe ich mir das jetzt so angewöhnt: Nach der Gute-Nacht-Geschichte noch eine Massage. Vielleicht ist das ja die Lösung, um sie abends leichter ins Bett zu bekommen? Sie blieb abends nicht mehr so lange wach und ist morgens ausgeschlafen. Ich bekomme sie morgens entspannter zur Schule. Was wollen wir mehr? Ja, ich glaube, das ist die Lösung. Die Massage dauert ca. eine viertel Stunde. Die kann man investieren dafür. Und wir beide sind total entspannt. Manchmal ist die Lösung so nah, man muss sie nur wahrnehmen. Lassen sie sich darauf ein, ihr Kind zu verstehen. Was tut meinem Kind gut? Womit kann ich es beruhigen, wenn es wieder einen hohen Erregungspegel hat? Und es einfach nicht zur Ruhe kommt? Sie wissen das! Und setzen Sie es um. Sie müssen sich das im Alltag immer wieder bewusst machen. Ich habe noch zwei Kinder, die meine Aufmerksamkeit einfordern. Bauen Sie es mit in Ihren Tagesablauf mit ein. Sie können das! Es verlangt hier keiner von Ihnen, das Letzte zu geben. Aber, versuchen Sie kleine Hilfestellungen zu geben. Es tut Ihnen und Ihrem Kind gut. Es bringt für alle Parteien viel Entspannung. Für alle, die der Familie beiwohnen. Sie werden es sehen. Mit jedem Tag mehr.

Josy`s Wahrnehmung wurde zwar immer besser, doch mit der Sprache machte es nicht wirklich Fortschritte. Die Konversation mit uns beiden beläuft sich immer noch häufig mit den Augen und Händen, aber es wurde stetig besser. Ich versuchte den Blickkontakt zu ihr zu vermeiden. Aber was macht man denn, wenn man sich mit einem

Menschen unterhält? Man schaut ihn an. Damit zeigt man doch, dass man dem Gegenüber seine volle Aufmerksamkeit schenkt. Wie würden Sie es finden, wenn sich jemand mit Ihnen unterhält und er ständig in eine andere Richtung schaut? Man hat mir zwar nicht gesagt, dass ich sie nicht anschauen darf, aber so habe ich es einfach besser hinbekommen, mich aus diesem Augenkontakt zu lösen. Wenn ich sie anschaue, weiß ich sofort, was sie möchte. Dann wird mein Herz immer so weich und ich muss ihr einfach helfen. Ohne Augen-kontakt musste ich auf eine Äußerung von ihr warten, die ich hören konnte. Ansonsten habe ich nicht reagiert. Aber sie lässt sich gut darauf ein. Ich muss eingestehen, dass es nicht immer leicht war. Man verfällt so schnell in seine alten Gewohnheiten....

Um Josy`s Tiefenwahrnehmung zu fördern, baute ihr die Therapeutin einen Bewegungs-parcours auf. Sie startete den Parcours mit dem Rollbrett. Sie fährt als erstes die Schräge damit hinunter. Danach musste sie auf einer Bank balancieren. Auf dem Boden liegen Seilchen. Hier muss sie darauf entlang laufen. Durch den Kriechtunnel dann bis zum Ende. Die Reihenfolge war klar vorgegeben. Doch Josy fiel es oft schwer, sich an diese Reihenfolge zu halten. Auch für die vestibuläre (den Gleichgewichtssinn betreffend) und propriozeptive (Wahrnehmung aus dem eigenen Körper vermittelnd z.B. Muskeln, Sehnen, Gelenken) Wahrnehmung, gab es für Josy das

Hängeseil. Und die coole Hängematte. Auf dem Rollbrett hatte sie viel Spaß gehabt. Doch die Hängematte war ihr Favorit gewesen. Heute noch schaukelt sie gerne in der Netzschaukel auf dem Spielplatz. Sie genießt es in vollen Zügen. Sie legt sich flach in die Netzschaukel hinein und ich gebe ihr dann ganz viel Anschwung. Aber nur so viel, dass sie mit der Schaukel keinen Überschlag macht. Obwohl ihr, glaube ich, genau das viel besser gefallen würde.

Sie genießt es aber auch, sich dann noch lange ausschaukeln zu lassen. Mehr Entspannung kann man nicht haben.

Allmählich kommen jetzt bei der Ergo auch altersgerechte Materialien zum Einsatz. Wie z.B. Puzzle, Spiegelfarbe und Handwerk. Je mehr die Ergo voranschreitet, desto häufiger spielt Josy jetzt drinnen im Haus. Sie war sonst ein reines "Draußenkind". Nun spielt sie endlich mal mit ihren Puppen. Sie puzzelt auch gerne. Ganz ungewohnt. Dieses macht sie mit voller Hingabe. Jetzt macht sie die Spielsachen auch nicht mehr so häufig kaputt, wenn sie damit spielt. Sie geht jetzt damit sorgsamer um. Ich glaube, sie bekommt jetzt ein "Gefühl" dafür. Wenn wir Besuch bekamen, war Josy oft von der Bildfläche verschwunden. Auch ihrer Patentante fällt es jetzt auf, dass Josy am Tisch länger sitzen bleibt, wenn sie ein Spiel mit uns spielen will. Unser Problem war es häufig, dass wir mit Josy oft altersgerechte Spiele spielen wollten, haben aber immer häufiger davon Abstand genommen. Da sie immer die Spiele kaputt gemacht hat. Jedes mal, wenn es auf Weihnachten oder Geburtstag zuging oder einfach nur ein Besuch von Verwandten anstand, mussten wir denen erstmal   erklären, bitte nur Spielsachen mitzubringen, die nicht so schnell kaputt gehen. Josy malt sehr gerne. Dann nur mit Buntstiften (keine Filzstifte, mit denen kann man sich nämlich auf jeder Wand für immer verewigen und die Minen halten ganze 2 Sekunden!) und ein Block weißes Papier. Das reicht schon, um sie glücklich zu machen. Oder Spiele, bei denen es nichts ausmacht, wenn   "Schwester Rabiata" sie bedient. Zum Beispiel Bauklötze oder ich hatte auch mal ein Hammer und Nagelspiel gehabt. Das hat ihr sichtlich Spaß gemacht. Es gibt reichlich Auswahl in guten Fachgeschäften. Diese Spiele sind hart im Nehmen. Ist auch gut so. Geht dann etwas zu Bruch, kann man besser darüber hinwegsehen, als wenn das Kind einen teuren Puppenwagen gegen die Wand setzt. Die Puppe an den Haaren durch die Gegend schleudert und meint, das mit den Beinen ausreißen ist auch eine gute Idee. Wenn die Verwandtschaft das kapiert hat, sind sie auf der sicheren Seite. Es kann unter Umständen etwas dauern. Also, haben Sie Geduld und erklären sie Ihre Geschenkwünsche genau. Warum Sie das Eine oder Andere fürs Kind wünschen. Es wird vielleicht viele Einwände und Diskussionen geben, aber bleiben Sie hart und freundlich dabei. Denn wie soll man dann erklären, dass das Spielzeug beim nächsten Besuch der Verwandten schon kaputt oder gar nicht mehr vorhanden ist. Eben, drum. Vorsorge ist manchmal besser, als reparieren. Oder sogar traurige und enttäuschte Gesichter. Glauben sie mir, es hilft ungemein, wenn man das geregelt hat.

Jeden Tag sieht man an Josy die Veränderungen. Jeden Tag kommt etwas dazu. Es ist spannend, das zu sehen. Schön ist es auch, Kommentare oder Rückmeldungen zu bekommen von Freunden und Verwandten, die Josy über einen längeren Zeitraum nicht gesehen haben. Und sie erzählen uns dann, was für Fortschritte sie doch gemacht hat. Wir wachsen jedes Mal ein Stückchen dabei. Ja, ich bin stolz auf meine Tochter. Es freut mich, dass die Therapien so gut anschlagen bei ihr. Zurzeit hat sie einen unglaublichen Wissenshunger. Woher kommt dieser Elan? Ist es Nachholbedarf? Die Sinne sind geschärft, verstehe ich. Die Wahrnehmung wird besser, verstehe ich auch. Doch im Gegensatz zu meinen Söhnen ist es bei Josy noch etwas anderes. Ich komme noch dahinter. Mir reicht doch ein normales Kind. Doch bei Josy stoße ich manchmal an meine Grenzen. Das darf ich auch. Bin nun mal ein Mensch. Denn immer häufiger merkte ich, dass Josy mehr möchte, als nur mit Puppen spielen. Die Spiele wurden jetzt immer Altersentsprechender. Und anspruchsvoller. Richtige Lernbücher mussten jetzt her. Hierbei geht es z.B. um Formen und Farben. Aber auch fürs logische Denken habe ich Bücher besorgt. Sie liebt Bilderrätsel. Heute noch. Sie arbeitet diese Bücher in kürzester Zeit durch. Es dauerte keine 3-4 Tage, und ich musste wieder neue Bücher ranschleppen. Seit einigen Tagen erzählte sie mir, dass sie Lust hätte, Englisch zu lernen. Sie ist gerade mal 5 Jahre alt. Bevor ich aber losrenne und ihr Bücher besorge, wartete ich erst einmal ab, ob es nicht nur eine Laune von ihr ist. Nein, anscheinend nicht. Sie nervte mich regelrecht. Ok, dann werde ich mal losziehen und sinnvolles Nachschlagewerk besorgen. Ich erkundige mich im Buchhandel über gute Englischlernbücher im Vorschulalter. Habe ein schönes gefunden. Nach jeder Geschichte stehen im Anhang ca. 15 Vokabeln. Ich las Josy die Geschichte vor. Und am Ende las ich ihr noch 5 Vokabeln vor. Ich dachte, dass das erst einmal reicht zum Üben. Sie möchte aber lieber alle 15 Vokabeln lernen. Ich überzeugte sie aber dennoch davon, dass 5 Vokabeln für den Anfang reichen. Sie war dann auch damit einverstanden. Für heute ist erstmal Schluss mit lernen. Es war schon spät geworden. Schließlich schlief sie dann auch ein.

Einschulungsverfahren von Josy
(November 2006)

Aufgrund von Josy`s Integrativplatz im Kindergarten habe ich mich in letzter Zeit oft mit den Kindergärtnerinnen unterhalten. Welche Förderung ist für Josy die Sinnvollste? Einig waren wir uns in dem Punkt, dass sie auf jeden Fall im Bereich Sprache gefördert werden muss. Damit Josy weiter Förderung bekommt. Nicht nur im Kindergarten, sondern auch später in der Schule. Denn was nützt uns ein Integrativplatz im Kindergarten, wenn wir sie danach nicht weiterfördern können? Schließlich war sie ja auch noch nicht so weit, dass wir sagen konnten, es würde jetzt ausreichen für ihre Sprachentwicklung. Also müssen wir dranbleiben.

Eine kleine Geschichte
November 2006
Ich lag im Krankenhaus und hatte gerade eine OP hinter mir. Mein Mann und meine Kinder kamen mich jeden Tag besuchen. An einem Tag kam mein Mann nur mit Josy zu Besuch. Meine Bettnachbarin bekam auch gerade Besuch. Josy saß am Tisch und malte. Ihre Augen wanderten immer wieder zu meiner Bettnachbarin und deren Besuch. Dort war auch ein gleichaltriges Mädchen zu Besuch gewesen. Die Mutter des Kindes hatte vorgeschlagen, doch einmal aus dem Fenster zu schauen mit ihr. Wir hatten im dritten Stock einen schönen Ausblick gehabt. Sie stand mit ihr jetzt am Fenster und sie schauten hinaus. Plötzlich stand

Josy auf und stellte sich direkt neben der Frau ans Fenster und schaute nun auch aus dem Fenster. Die Frau rückte ein bisschen zur Seite, damit Josy besser sehen kann. Mit ihren 5 Jahren kann sie gerade so über die Fensterbank schauen. Die Frau strich Josy über den Kopf und sagt: „Na, du Kleine!" Mein Mann und ich schauten uns im selben Moment an. Wir dachten beide dasselbe. Denn wir wissen, was jetzt kommt. Unsere Tochter wird sich wieder an den Tisch setzen und weiter malen. Kontakt, nein danke! Doch Josy schaute zur Frau auf und blieb am Fenster stehen. Mein Mann und ich schauten uns darauf wieder an. Und wir konnten es nicht fassen, dass sie stehen blieb.

Am 13.11.2006 hatte ich dann das Gespräch in der Regelschule.
Zuerst gab es Auskunft über das schon gewesene Schulspiel. Josy war dann sogar alleine mit der Lehrerin mitgegangen. Und ich war gespannt, wie sie sich dabei aufführt, als die Tür hinter ihr zuging? Zickte sie rum? Verweigerte sie sogar, am Spiel teilzunehmen? Mein Magen ging wieder auf und ab. Mir war wieder schlecht. Wie immer, wenn ich Unheil erwartete. Oder ich die Situation nicht einschätzen konnte. Doch am Ende ist doch alles glatt gelaufen. Das freute mich natürlich. Und Josy war stolz, dass sie das geschafft hatte.

17.1. 2007

Heute ist die schulärztliche Untersuchung von Josy. Ich hoffte natürlich, dass sie mitmacht. Wir meldeten uns an und nahmen im Wartezimmer platz. Doch Josy mag noch nicht einmal ihre Jacke ausziehen. Das fing ja schon wieder gut an...... Eine nette Frau kam herein, und sagte zu uns, dass Josy erst noch einen Hör- und Sehtest machen müsste. Sie würde Josy dann auch gleich holen dafür. Ich fragte Josy dann, ob sie denn nicht jetzt ihre Jacke ausziehen möchte? „Nein, ich behalte meine Jacke an!" Na toll, geht schon los mit dem Theater. Dann kam sie auch schon dran. Die nette Frau fragte Josy dann, ob sie wohl alleine mitkommt zum Test? Keine Chance, dachte ich noch. Doch Josy ging überraschend, ohne zu zicken, mit ihr mit. Sie kam nach einer Weile wieder zurück. In der Hand die Kopie eines Mandalas. Auf dem Bild sind lustige Delphine drauf. Josy strahlte übers ganze Gesicht. Denn sie malt für ihr Leben gerne. Da wir noch auf die Hauptuntersuchung warten mussten, und Zeit haben, malte Josy schon mal drauf los. Wir wurden dann endlich aufgerufen. Sie nahm das Bild mit zur Untersuchung und legte es dort auf den Tisch. Nachdem sie gemessen und gewogen worden ist, musste Josy nun Laute aussprechen, die sie anhand von Bildern erklärt. Jetzt musste sie noch einen Kreis, ein Dreieck und ein Rechteck zeichnen. Das erledigte Josy sehr gewissenhaft. Die Ärztin suchte nun in ihren Unterlagen ein Blatt Papier. Fand aber Keines. Sie nahm nun, ohne Josy zu fragen, das Blatt von ihr, wo das Mandala mit den Delphinen drauf ist. Ich stutzte, und dachte mir gerade, was für eine Frechheit! Ich habe hier gleich das größte Theater mit Josy. Um dem aber vorzugreifen, fragte ich Josy, ob es ihr überhaupt Recht ist, dass die Frau einfach ihr das Blatt wegnimmt? Josy stand glaube ich, immer noch unter Schock? Sagte aber „Ja". Ich hatte aber dennoch kein gutes Gefühl dabei und stand wieder leicht unter Strom. Die Frau malt ihr etwas auf der Rückseite des Bildes vor und Josy sollte es nachzeichnen. Sie malte auch schön das Vorgemalte nach. Als sie fertig war, steckte die Frau das Blatt spontan zu ihren Unterlagen. Ach du Schei......!!!! Josy folgte dem Blatt aufmerksam. Sagte aber nichts. Ich fragte die Ärztin aber, ob sie das Blatt denn unbedingt braucht? „ Natürlich, das brauche ich für meine Unterlagen". Sie fragte aber Josy gleich, ob sie ihr ein neues Blatt kopieren soll? Josy immer noch ganz verdattert: „Ja". Also, auf zum Kopierer und ein neues Blatt kopiert. Auf dem Weg dorthin machte Josy endlich ihrem Unmut Luft. „Das ist aber blöd!" sagte sie. Ich hatte schon gedacht, da kommt gar keine Regung von ihr. Hinterher ist man immer schlauer. Sie hat das neu kopierte Bild leider nie ausgemalt! Schade.

18.01.2007
ich fuhr nach der „Logo" mit Josy noch an unserem Stausee vorbei, und sagte zu ihr: „Schau mal Josy, auf der linken Seite, da läuft das Wasser die Staumauer herunter. Und rechts von uns ist auch ganz viel Wasser." Darauf Josy: „Das Wasser links

ist dreckig und auf der anderen Seite ist es schon gereinigt." Ich sagte. „Aha?" Josy: „Ja, von „Kario Bakto" ist das Wasser dreckig geworden." Da ich immer noch Probleme habe, manche Worte von Josy zu verstehen, fragte ich noch mal nach: „Was meinst du „....Kario Bakto?" Josy: „Mama das ist das englische Wort für Bakterien!" Ich:" Aha, das Wort kenne ich gar nicht." Josy: "Du brauchst auch nicht in das englische Wörterbuch schauen, das steht da sowieso nicht drin. Das Wort benutzten nur die Kinder."
Schön, das meine Tochter so viel weiß.

12.02.2007
Ein Schreiben vom Schulamt kommt. Dort stand in der Überschrift:
"Eröffnung des Verfahrens zur Feststellung des sonderpädagogischen Förderbedarfs"- Antrag der Schule
Inhaltlich stand Folgendes in etwa drin:
Nach Überprüfung des Antrages der Schule liegen Anhaltspunkte dafür vor, dass Ihr Kind wegen seiner Behinderung und seines erheblich beeinträchtigten Lernvermögens, nicht am Unterricht der allgemeinen Schule teilnehmen kann. Dieses soll in einem Gutachten erläutert werden. Beauftragt habe ich eine sonder- pädagogische Lehrkraft der Sonderschule. (in der Regel der/die Klassenlehrer/in Ihres Kindes), die das Gutachten erstellen wird. Ein Termin wird mit

Ihnen vereinbart.

28. Februar 2007
Mein Mann und ich, haben heute ein Gespräch in der Sonderschule. Die Schulleiterin der Regelschule ist anwesend. Sie bringt sämtliche Anträge zum Laufen. Eigentlich! Sowie der Gutachter der Sonderschule. Er arbeitet auch hier an dieser Schule als Sprachtherapeut. Dann wollen wir mal hören, was er zu sagen hat? Es ist das erste Gespräch, das ich überhaupt mit einem Gutachter führe, der für meine Tochter zuständig ist in diesem Schulverfahren. Der Gutachter war freundlich, aber auch sehr bestimmend. Er machte auf mich keinen netten Eindruck. Sein Auftreten gefiel mir von Anfang an nicht. Nach der Begrüßung und ein paar einleitenden Worten, warum wir denn jetzt hier zusammen sitzen, fragte er auch gleich nach, ob wir unsere Tochter denn auch jeden Morgen bringen und dann jeden Mittag wieder abholen könnten? Ich antwortete darauf: „Ich glaube, soweit sind wir noch gar nicht. Sollte es dennoch so sein, würden wir sie natürlich bringen und holen." Was sollte das denn jetzt? Kennt er denn meine Tochter schon? Hab ich jetzt irgendetwas verpasst? Ist er Hellseher? Der neue „Uri Geller"? Kann er meine Tochter, ohne sie gesehen zu haben, geschweige denn begutachtet, schon ein Urteil fällen? Ich bin sprachlos darüber. Ich war jetzt schon auf hundertachtzig. Jetzt schon. Was bildete der Mann sich eigentlich ein? Auch der

Gutachter merkte uns wohl an, dass er mit seinen gut gemeinten Vorschlägen bei uns auf Granit beißt. Er stieß bei uns auf Widerstand. Das passte ihm anscheinend gar nicht. Doch er versuchte uns dann auch noch einzuschüchtern, indem er uns ein schlechtes Gewissen einzureden versuchte. Er meinte: „Stellen Sie sich doch einmal vor, Josy würde von den anderen Kindern gehänselt werden, wegen ihrer Sprache. Das wollen Sie doch nicht, oder?" Aber ich gab ihm die passende Antwort darauf. " Josy wurde gerade vor kurzem von einem Kind im Kindergarten angesprochen: „Hör mal, du bist doch schon ein Vorschulkind? Warum sprichst du denn so komisch?" Daraufhin gab meine Tochter die Antwort: „Na und, ich gehe zur "Logo", da lern ich das." Na, das nenne ich doch selbstbewusst. Aber ich glaube, der Gutachter hat vor genau zwei Minuten seine Ohren abgeschaltet. Darauf geantwortet hat er mir jedenfalls nicht.

Er trifft wahrscheinlich oft auf Eltern, die sowieso schon überfordert sind mit ihrem Kind. Sich eventuell im Gespräch erhoffen, endlich den richtigen Rat zu bekommen. Weil sie gar nicht wissen, welche Schule was überhaupt richtig fördert. Bin ich hier richtig mit meinem Kind? Und sie kommen in ein Gespräch, wo versucht wird zu suggerieren, hier genau richtig zu sein. Ich war am Ende des Gespräches so richtig wütend gewesen. Er meldete sich für ein Gutachten, welches bei uns zu Hause stattfinden sollte, an. Als wir wieder zum Auto gingen, platzte ich aus mir raus. Ich meinte zu meinem Mann nur, wenn der Gutachter bei jedem so verfährt in seinen Gesprächen, na dann „Prost Mahlzeit". Er wollte uns gar nicht zuhören. Weil er etwas anderes wollte als wir. Ich konnte und wollte dieses nicht auf mir sitzen lassen. Die Öffentlichkeit sollte davon erfahren, wie hier mit Eltern umgesprungen wird. Hier werden nicht die Interessen des Kindes berücksichtigt. Und das kann nicht sein. Nein, das darf nicht sein. Ich nahm mir vor, am nächsten Tag zur Zeitung zu gehen. Um einfach mal auf diesen Missstand aufmerksam zu machen. Gesagt, getan. Am nächsten Morgen ging ich zu unserer Tageszeitung am Ort. Als ich endlich die richtige Ansprechpartnerin vor mir hatte, erklärte ich ihr, weswegen ich zu ihr gekommen war. Sie hörte mir aufmerksam zu. Meinte dann aber zu mir, dass das noch ein laufendes Verfahren sei. Sollte bei der Begutachtung etwas Negatives herauskommen, dann könnte ich sie noch einmal aufsuchen. Da ich aber schon im Begriff war zu gehen, drehte ich mich aufgrund dieser Aussage noch einmal um und meinte zu ihr, dass es mir nicht darauf ankommt, dass etwas Positives oder Negatives dabei rauskommt, sondern dass die Kinder mit Defiziten dort gefördert werden sollen, wo es sinnvoll für sie ist. Und nicht, wo man sie gerade braucht. Daraufhin verließ ich die Tageszeitung. Aber, mit der Prämisse, ich komme wieder. Ihr habt mich nicht das letzte Mal gesehen! Und dann werde ich erzählen, wie hier so verfahren wird mit Kindern, die nichts dafür können, wie sie sind. Gehe ich zu verbissen an die Sache ran? Vielleicht? Nein, glaube nicht!

Wir werden sehen. Ich weiß es doch auch nicht.

5. März 2007

Heute sollte nun die von der Schulamtsärztin empfohlene, Pädaudiologische Untersuchung stattfinden. Ich ging davon aus, das heute also der Hörtest stattfinden soll. Nachdem wir uns angemeldet hatten, fand dann das Einführungsgespräch statt. Die Ärztin machte mir den Vorschlag, mit Josy nochmals einen Intelligenztest zu machen. Der letzte sei doch schon so lange her (Josy war damals ca. 2 ½ Jahre). Ich war damit einverstanden. Ich wollte es auch insgeheim dem Gutachter zeigen, dass Josy nicht dumm oder sogar geistig zurückgeblieben ist. Deshalb kam mir der Test auch sehr gelegen. Und ich hätte vielleicht einen Beweis mehr in der Hand, für den Gutachter. Eigentlich war es mir egal, ob der Test nun positiv oder negativ ausfällt. Mir war es in dem Moment nur wichtig, dass ich etwas in der Hand hatte, um es zu zeigen. Wem auch immer, das wird sich noch ergeben. Vielleicht suchte ich auch nur nach einer Bestätigung, dass mein Gefühl mich nicht getäuscht hatte. Ich hoffte wieder einmal, das Josy bei dem Test mitarbeitet. Nachdem wir das Gespräch beendet hatten, lenkte sie Josy mit ihren großen Koffern ab, wo allerhand Utensilien drin waren und sie es zum testen benutzte. Und ich sagte Josy, dass ich draußen auf sie warten würde.

Sie akzeptierte es sofort. Was mich wieder einmal in großes Staunen versetzte. Es wird immer besser mit ihr. Nach ca. einer Stunde holte mich die Ärztin dann wieder herein, um mir das Testergebnis mitzuteilen. Ich war echt gespannt. Zuerst erzählte sie mir, dass Josy ein wenig Anlaufschwierigkeiten hatte. Aber dann hätte sie super mitgearbeitet. Das Testergebnis fiel positiv aus. Dieser Test war ein nonverbaler Test. Also nicht auf die Sprache bezogen. Es wurde festgestellt, dass sie überdurchschnittlich intelligent ist!

8.März 2007
Es liefen zurzeit die Begutachtungen der Integrativkinder im Kindergarten. Heute kam die Schulleiterin der Regelschule und der Gutachter der Sonderschule. Sie testeten heute ein Mädchen, was Sprachauffällig ist und leichte Lernschwierigkeiten hat. Doch an diesem Morgen sagte der Gutachter kurzfristig ab. Die Schulleiterin nahm sich richtig viel Zeit für das Kind. Eine ganze halbe Stunde war sie vor Ort, davon wurde das Kind 10min. begutachtet. Ich sage nur, schade fürs Kind. Wenn Entscheidungen so getroffen werden. Innerhalb einer halben Stunde zu beurteilen, auf welche Schule dieses Kind gehen soll. Wo soll das denn noch hinführen, wenn Integrativkinder wie ein Spielball dahin geschossen werden, wo sie gar nicht hingehören. Oft werden die Bälle scharf daneben geschossen. Dann ist es unsere Aufgabe, sie wieder einzusammeln, und ins Spiel zu bringen.

14. März 2007

Heute ist der Tag, an dem der Gutachter zu uns nach Hause kam, um Josy zu prüfen. Ob "Sonderpädagogischer Förderbedarf" besteht oder nicht. Na, soll er nur kommen, der Gutachter. Mir ist schon wieder schlecht und Bauchschmerzen habe ich auch. Wenn ich doch sagen dürfte, was ich denke. Eigentlich traurig, wenn man nicht seine Meinung sagen darf. Ja, ich weiß, darf man schon, aber ich habe immer öfter festgestellt, dass das auch mal ganz gut ist, sich erstmal zurückzuhalten. Irgendwann kommt der Moment, wo es einfach passt, seine Meinung kund zu tun. Dann werden sie auf jeden Fall viel intensiver wahrgenommen, als sie es für möglich gehalten hätten. - Da kommt der Gutachter angeradelt. Ich begrüßte ihn freundlich (fiel mir zwar schwer, aber wie schon erwähnt, Klappe halten) und merkte dabei, dass er ziemlich nervös war. Er zog eilig seine Jacke aus. Er ließ sich von mir noch nicht mal eine Tasse Kaffee anbieten. Den hab ich jetzt schon gefressen. Er hält sich dann auch nicht weiter auf und geht mit Josy nach oben in ihr Zimmer. Obwohl ich eigentlich dachte, nachdem er uns die Wahl gelassen hatte zwischen Küche und Kinder-zimmer, er würde mit Josy in der Küche bleiben. Falsch gedacht. Ich hätte es natürlich lieber gehabt, er hätte sie in der Küche getestet. Wo ich dabei bin. Ich habe meine Tochter lieber im Auge. Genauso eigentlich den Gutachter. Aber er ging mit Josy nach oben in ihr Zimmer und schloss die Tür hinter sich. Und das kenne ich gar nicht. Das bei uns im Haus die Türen geschlossen werden. Und schon gar nicht bei Josy! Ich fragte mich immerzu, was er hinter der verschlossenen Tür mit ihr macht? Muss das sein, dass die Tür verschlossen ist? Warum diese Heimlichkeiten? Und was stellt er am Ende des Testes bei ihr fest? Ich hatte mit fest vorgenommen, ihm nichts von dem Testergebnis der Kinder- und Jugendklinik zu erzählen. Bis ich von **ihm** gehört habe, was er in seinem Test herausgefunden hat. Einen Trumpf im Ärmel zu haben, beruhigte mich ungemein. Nach einer dreiviertel Stunde kam er dann endlich wieder mit Josy von oben runter. Das erste, was er sagte, war: "Ihre Tochter ist aber schnell!" Ich wollte darauf ausführlich antworten, entschloss mich aber, es doch zu lassen. Warum? Wofür? Er nimmt mich doch sowieso nicht ernst. Dafür ist mir meine Energie dann doch zu schade. Es ist ungefähr so, als ob Sie jemanden mitteilen wollten, was Sie heute so den ganzen Tag erlebt haben. Und Ihr Gegenüber antwortet, das er heute Abend eine rote Krawatte zum Tanzen umbindet. Hier wird weder auf die Sache eingegangen, geschweige denn auf die Frage geantwortet. – Der Gutachter gab mir erst einmal einen Zwischenstand vom Test. Und meinte,

(jetzt kommt's): „Ich habe festgestellt, Ihre Tochter ist ja überdurchschnittlich intelligent!" Ich hätte am liebsten laut losgelacht. Glaubte er mir jetzt erst, was wir über unsere Tochter erzählt haben? Ich war schon wieder ziemlich fassungslos. Aber jetzt war ich an der Reihe meinen Trumpf auszuspielen. Ich holte tief Luft und ließ es mir richtig auf der Zunge zergehen. „Ja, das hat die Kinder- und Jugendklinik auch festgestellt!" Welch ein Genuss für mich. Doch diese Bemerkung hat er wohl wieder einmal überhört und geht wieder nicht darauf ein. Schade eigentlich. Ich fühlte mich gerade so super, nach diesem "Klopper". Und dachte, ich würde jetzt sein vorlautes Mundwerk zum stehen bringen. Fehlgeschlagen. Er bräuchte jetzt noch mal ca. eine viertel Stunde, sagte er, Josy müsse ihm noch ein Bild malen. "Ok", sagte ich und sie verschwanden wieder hinter verschlossenen Türen. Die viertel Stunde war dann auch endlich rum gewesen, und sie kamen beide wieder nach unten in die Küche. Er meinte, dass er fertig sei. Und er zog sich wieder seine Jacke an. Dabei fragte er mich, ob wir uns denn jetzt endlich entschieden hätten, auf welche Schule Josy eingeschult werden soll? Der Kerl geht mir auf die Nerven! Ich antwortete dann darauf, schon mit einem ziemlich dicken Hals: "Herr Krause, wir haben nach den Osterferien noch das Abschlussgespräch. Und da werden wir Ihnen unsere Entscheidung mitteilen." Ganz verstört und ziemlich nervös nahm er das jetzt ohne Kommentar (kennen wir ja schon!) so hin. Ich begleitete ihn noch zur Tür. Er nahm sein Fahrrad und kam noch einmal damit zu mir an die Haustür. Er nahm wohl noch mal allen Mut zusammen und meinte: „Frau Landhaus, es gab auch schon mal Eltern, die mit meiner Entscheidung nicht einverstanden waren. Und haben sich daraufhin einen Anwalt genommen." Bin gerade wieder einmal perplex und antwortete ihm nur: „Na ja, das muss ja nicht soweit kommen. Das kann man auch anders regeln." Verabschiedete mich freundlich und schloss die Tür. Der Groschen fiel pfennigweise. Ich ließ mir den letzten Satz von ihm noch einmal durch den Kopf gehen. Es war gut, dass er mit seinem Fahrrad schon weit genug weg war. Ich hätte ihn sonst, wenn ich schneller im Denken gewesen wäre, so vom Fahrrad gezogen. Und hätte ihn an Ort und Stelle verbal zerpflückt. Meine Abneigung gegen ihn fraß sich in meinen Kopf. Habe ich das jetzt richtig verstanden? Musste ich seiner Meinung sein, damit alles weitere für ihn glatt läuft? Ich soll mich also mit seiner Entscheidung zufrieden geben? Ich soll meinen Mund halten? Ich soll mich nicht mit ihm anlegen? Ich fragte mich, warum? Bin ich doch zu verbohrt? Will ich das jetzt nur noch durchziehen, weil ich das angefangen habe? Mir rauchte der Kopf. Und ich weiß jetzt gar nichts mehr. Reicht denn wirklich die Regelschule plus Förderung? Oder braucht Josy doch noch mehr Förderung, als ich mir eingestehen will? Ich weiß auch gar nicht, wie lange eigentlich noch die "Logo" laufen soll? Und Josy`s Wahrnehmung ist ja auch noch nicht hundertprozentig!

Nach dem Test des Gutachters habe ich Josy erst einmal interviewt. Ich habe sie gefragt, ob ihr der Test denn gefallen hätte? Ob die Aufgaben Spaß gemacht haben? Sie meinte nur, dass es richtig langweilig war. Na super! Also war sie unterfordert gewesen? Ich denke ja. Denn, wann ist einem Kind langweilig? Genau, wenn ein Kind nicht genug gefordert wird. Hatte ich jetzt doch Recht? Wenn Josy doch auf die Sonderschule kommen sollte, ist es mit der "Logo" auch vorbei. Es gibt ja auf der Schule einen Sprachtherapeuten, der unterrichtet. Nämlich der Gutachter selber. Und das wäre doch eine super Grundlage, sich mit ihm auch noch jede Woche auseinander setzen zu müssen. Mir drehte sich jetzt schon der Magen um. Ich muss natürlich immer für Josy denken. Meine persönlichen Eindrücke stehen zwar auch im Vordergrund, dennoch geht es hier um meine Tochter. Und das darf ich dabei nicht vergessen!

28. März 2007

Heute wird Josy im Kindergarten begutachtet. Das machte wieder die Schulleiterin der Regelschule. Die Erzieherinnen erzählten mir dann, dass es nicht anders abgelaufen sei, wie bei dem Mädchen, welches sie letzte Woche getestet hatte. Für die Begutachtung brauchte sie nur eine halbe Stunde. Ist ja der Wahnsinn. Wie viel Zeit man sich hier dafür nimmt. Womit haben wir das bloß verdient? Die Erzieherinnen sind sehr bemüht, in diesem Bereich all ihre Unterstützung anzubieten. Sie wissen, wie wichtig die Förderung jedes Einzelnen der Integrativ-Kinder ist. Die Erzieherinnen boten der Schulleiterin an, Josy hereinzurufen, sie war gerade draußen auf dem Spielplatz, um der Rektorin noch mal die Möglichkeit zu bieten, Josy beim Sprechen zu erleben. Es wurde dankend abgelehnt. Schade, und wieder auf Kosten der Kinder. Wer auffällt, soll auffällig bleiben? Wahrscheinlich!

Am Nachmittag rief die Rektorin mich an. Sie sprach auf den Anrufbeantworter. Ich sollte sie doch bitte zurückrufen. Was sie mir jetzt wohl sagen wird? Wieder etwas Neues? Ich male es mir schon wieder aus, und das in den schönsten Farben. Bin wieder ziemlich nervös. Also, erstmal eine Tasse Kaffee holen, eine Zigarette in die Hand und auf die Terrasse setzen. Tief Luft holen, Nummer wählen und los geht's. Sie war, zu meiner Überraschung, sehr freundlich zu mir. Sie fragte mich dann, ob wir uns denn jetzt endlich entschieden haben, auf welcher Schule wir Josy einschulen möchten? Ich antwortete darauf, glaube ich schon zum 10. Mal: „Ja, wir haben uns entschieden. Und zwar, wie schon beantragt, "Gemeinsamer Unterricht" an der Förderschule in unserem Ort." Ich frage mich schon die ganze Zeit, ob ich diesen Satz mittlerweile in jedem Gespräch erwähnen muss? Da werde ich mir wohl etwas einfallen lassen müssen, damit man uns besser versteht. Wie wäre es denn mit einer Banderole oder Schärpe? Die werde ich mir dann umhängen. Und darauf steht dann: "Schulwunsch für meine Tochter: „Integrativschule." Ich werde noch Aufkleber und Anstecknadeln besorgen. Autowerbung müsste doch auch gehen! Ach ja, ich besorge mir dann auch noch schöne, bunte Buttons und Handzettel werde ich auch noch verteilen. Eine eigene Internetseite müsste sich ja auch gut machen. Fehlt noch was? Dann bräuchte ich mich nicht ständig wiederholen. Es nervt!

Die Rektorin meinte dann an Telefon: „Ok, den „GU-Antrag" habe ich schon vorbereitet, den brauchen Sie dann nur noch unterschreiben! Wir machen das am besten noch vor den Osterferien, weil die Zeit drängt. Wir müssen zusehen, dass wir noch einen Platz an der Förderschule bekommen."

Ich bekomme gleich Brechreiz! Um unsere Entscheidung noch einmal zu betonen, erklärte ich ihr noch einmal, dass ich zusätzlich auch noch mit der Logopädin gesprochen habe. Denn sie kennt sich im Bereich Sprache doch am besten aus. Nicht das sie denkt, das ist alles nur auf unserem Mist gewachsen. Jetzt wurde sie aber ein wenig ungehalten. Denn sie meinte zu mir: "Also, Frau Landhaus, wenn das mein Kind wäre, würde ich es auf eine Sprachheilschule geben. Dort wäre sie am besten aufgehoben. „Schade, dass man Anstecknadeln nicht durchs Telefon zeigen kann. Ich brauche dringend ein Bildtelefon. „Ja, auch diese Möglichkeit hatten wir in Betracht gezogen und sorgfältig abgewägt. Wir haben uns dann aber doch für die Integrativschule entschieden. So, Basta!

Ich fuhr am nächsten Tag zur Schule und unterschreibe nun endlich den "GU-Antrag". Ich forderte auch gleich eine Kopie des Schreibens ein, falls dieser Schrieb doch "irgendwie" verloren geht.

Dann habe ich wenigstens noch die Kopie. Wird doch jetzt laufen, oder? Das Abschlussgespräch mit dem Gutachter war für den 18. April vorgesehen. Doch dieser Termin wurde, aus irgendwelchen Gründen, gestrichen. Der Grund war: Ich hatte "GU" beantragt? Muss ich jetzt noch Spanisch lernen? Ich bekam einen neuen Termin.

3. April 2007

Heute hatte ich mit Josy Logo. Zu Anfang der Stunde erzählte mir die Logopädin, dass die Schulleiterin, die Josy im Kindergarten getestet hatte, sich bei ihr telefonisch gemeldet hätte. Sie fragte mich, ob es denn richtig sei, dass ich die Schulleiterin von der Schweigepflicht entbunden hätte? Und sie etwas über Josy erzählen durfte? Jetzt ist es soweit! Ich habe Alzheimer! Ich denke trotzdem noch einmal angestrengt darüber nach. Wenn man jemanden   von der Schweigepflicht entbindet, erfolgt das immer schriftlich! Nichts desto trotz finde ich es ja gut, dass sich genau die Menschen miteinander unterhalten, die in dieses Verfahren involviert sind. Sinnvoll, sich dann mit der Logopädin zu unterhalten. Hier geht es schließlich um Josy`s Sprache. Die Rektorin meinte dann noch. "An Josy`s Aussprache würde es ja nicht liegen, aber ihre Grammatik ist ja furchtbar!" Sie würde auf jeden Fall für die Sonderschule plädieren. Die Logopädin meinte zu mir, dass die gute Frau ein wahrer Fan der Sonderschule sei. Darauf fiel mir nur dieses ein. „ Das ist ein wahres

Schauspiel, was sich dort zurzeit abspielt.": „Das dachte ich mir auch, als ich den Hörer aufgelegt hatte", meinte die Logopädin.

25. April 2007
Josy hat es geschafft. Sie ist seit ca. zwei Wochen auch nachts trocken. Super, ich freue mich für sie. Sie ist richtig stolz auf sich. Ich habe aber dennoch fünf Windeln in Reserve gelassen. Josy wollte es auch so. Zu ihrer Sicherheit und für ihr wohlbefinden tue ich das gerne. Das werde ich heute zum Besten geben, denn heute ist Abschlussgespräch in der Sonderschule mit dem Gutachter.

15.5.2007
Der Verlauf des Abschlussgespräches konnte leider nicht mehr am 25.4.2007 geschrieben werden. Begründung: zu hoher Blutdruck, fehlende Konzentration, hektische Flecken und Mordgedanken!
Langsam geht's wieder. Hab mich wieder beruhigt. Dieser Morgen war wieder einmal grauenvoll gewesen. Ich hatte schon wieder Magenschmerzen, Durchfall und mein Erregungspegel war fast zum Zerreißen. Meine Hände waren eiskalt heute Morgen gewesen. Ich traf mich mit meinem Mann, der sich Freistunden von der Arbeit genommen hatte, vor der Schule. Ich hatte langsam keine Lust mehr auf solche Gespräche. Es sind nämlich sinnlose Gespräche.

Ich war vielleicht auch schon ein wenig mutlos dadurch. Ich hatte heute Morgen keine Lust, mich überhaupt an diesem Gespräch zu beteiligen. Insgeheim hoffte ich wohl auch, dass mein Mann heute mal der Gesprächsführer ist. Wir gingen über den Schulhof und er meinte zu mir: "Schatz, ich halte mich heute völlig aus dem Gespräch raus und höre nur zu." Ich erschrak im ersten Moment. Doch gleichzeitig dachte ich auch, dass er der ruhigere Pol von uns beiden ist. Und in solchen Situationen des Zuhörens einfach besser drauf ist als ich. Ich glaube, ich nehme meinen Mann auch deshalb immer zu solchen Gesprächen mit. Als Schutz, für die anderen Teilnehmer. Er beobachtet die Situation, um dann im ruhigen Moment einzugreifen und verbal zurückzuschlagen. Er behält da besser den Überblick. Das Seminar für meinen Mann, „Wie führe ich Mitarbeitergespräche?", war ein sinnvolles Seminar. An dieser Stelle nochmals herzlichen Dank an meinen Mann! Hier kam es gut zum Einsatz.

Ich hatte mit meinem Mann gewettet, dass ich schon weiß, welche Schulempfehlung heute ausgesprochen wird...................................

Wir wurden freundlich hereingebeten. Das Gutachten ist nun erstellt und der Gutachter las daraus jetzt, Stichprobenweise, vor. Aufgrund von Ratschlägen, eines guten Freundes wussten wir, auf was wir bei dem Abschlussgespräch achten mussten. Bei diesem Abschlussgespräch war die Rektorin der Regelschule anwesend. Soviel „Unsinniges" auf einen Haufen heute Morgen

reiche auch erstmal. Jetzt informierte uns der Gutachter über die „fatale" Situation von Josy. Unter anderem las er vor, dass Josy`s Grobmotorik sowie die Feinmotorik so gut wie gar nicht vorhanden sei. Ich hatte ihn die ganze Zeit in Ruhe vorlesen lassen. Doch jetzt musste ich hier mal einhaken. Und sagte darauf: „Das mit der Grobmotorik ist uns aber neu! Darauf er: „Dann eben die Feinmotorik!" Wollen wir würfeln? Ja, wir merkten es. Sein Unterton war ein wenig scharf gewesen. Rüder Umgangston gehört wohl zu seiner Grundausstattung. Wir wussten unter anderem, dass bei diesen Gesprächen eigentlich ein Protokoll geschrieben werden sollte. Es muss nicht, aber es kann. Wir hätten noch am Ende ein Formular unterschreiben müssen. Noch sah ich aber kein Formular liegen. Er versucht es wieder. Er versuchte uns wieder weis zu machen, dass wir Rabeneltern sind. Was wir denn unserem Kind damit antun würden, mit solch einer schweren Behinderung. Wir sollten uns doch mal mehr damit auseinander setzen. Eltern, die nur bockig sind. Und nicht einsehen wollen, dass ihr Kind sehr große Defizite hat. Der soll mir mal nachts begegnen. Der Inhalt eines solchen Abschluss-gespräches sollte sein:
- Einschätzung
- Förderschwerpunkt
- Förderort
- Protokoll

Am Ende der „Schnelllesestunde" las er uns noch vor: „Die Eltern wünschen nur ein Gespräch beim

Schulamt, wenn der „GU" nicht genehmigt wird". Darauf hakte ich wieder ein und sagte:" Nein, wir wünschen auch ein Gespräch beim Schulamt, wenn der „GU" genehmigt wird." Das saß aber bei ihm. Der Mund blieb ihm offen stehen. Und wenn er nicht schon gesessen hätte, hätte er sich jetzt setzen müssen. Mit dieser Antwort hatte er wahrhaftig nicht gerechnet. Wir müssen doch mal auf diese Missstände aufmerksam machen. Vor allem, wie man hier behandelt wird. Gesagt, getan. Am 9. Mai 2007 sollte es dann soweit sein. Mein Gott, der Mist zieht sich ja wie Kaugummi.

9. Mai 2007
Heute hatten wir einen Termin bei der Schulrätin im Schulamt. Meine Anspannung war mal wieder groß. Ich musste wieder aufpassen, dass mein Temperament nicht mit mir durchgeht. Ich hatte meinen Mann wieder an meiner Seite. Alleine das beruhigt schon. Ich nahm heute meinen ganzen Berg an Unterlagen mit, sowie die Notizen, die ich mir während der ganzen Zeit gemacht hatte. Ich hatte mir mit einem guten Freund zusammen die Notizen gemacht. Er unterstützte uns sehr in diesem Verfahren. Er wusste, worauf wir achten mussten. Er ist selber Lehrer an einer Schule für behinderte Kinder. Er kennt also die Verfahrensweise.
Wir also, unsere Unterlagen unter den Arm und

hinein in die gute Stube. Wir wurden wiedererwartend nett empfangen. Am liebsten möchte ich jetzt mal so einen richtigen „Rundumschlag" machen. Mich mal einfach abreagieren. Einfach laut losschreien, was für eine Ungerechtigkeit hier herrscht. Und fragen, warum wir so vehement gegen Windmühlen laufen müssen? Wo wir doch im Recht sind. Glaub` ich jedenfalls. Nein, bin überzeugt davon. Obwohl, mir hat mal jemand gesagt, dass ich da vielleicht nicht objektiv genug rangehe. Ich erzählte der Person davon, wie mit Josy in dem Schulverfahren umgegangen wird. Darauf meinte sie nur: „Du musst anfangen zu akzeptieren, dass dein Kind ein „Manko" hat. Und lerne damit umzugehen."

Ich fragte mich gerade, was mache ich hier eigentlich und für wen? Ist das Akzeptanz, wenn ich mich darum kümmere, dass mein Kind die beste Förderung bekommt? Ist das Akzeptanz, wenn ich nicht akzeptiere, dass mein Kind gar nicht soooo schlecht spricht, wie man es uns weis zu machen versucht? Ist das Akzeptanz, dass ich überhaupt losgehe und etwas ändern möchte? Fängt die Akzeptanz nicht schon da an, dass ich überhaupt reagiere? Oder reagiere ich nur, weil ich nicht akzeptiere? Das Defizit meiner Tochter akzeptiere ich, nicht wie damit umgegangen wird!

Ich legte mir meine Notizen zurecht. Wir fingen an zu erzählen, was von Anfang an so alles gelaufen war, oder eben nicht gelaufen war. Auch das Verhalten des Gutachters kam zur Sprache. Darauf meinte die Schulrätin dann, dass sie nur nach

Gutachtenlage entscheiden könnte, auf welcher Schule Josy eingeschult wird. Sie entscheidet dieses nach dem Gutachten? Ich fragte sie, ob sie einen Mülleimer hat? Denn dort gehört das Gutachten hinein, da dieses nicht der Wahrheit entspricht. Und im Sinne der Sonderschule geschrieben wurde. Dieses Gutachten ist nicht objektiv, sondern die Darstellung eines Kindes, welches hier nicht begutachtet wurde. Es muss sich hier um ein anderes Kind handeln, nicht aber um meine Tochter. Die Schulrätin meinte, dass wir nicht richtig informiert worden seien. Ob wir denn schon eine Elterninformation der Schule erhalten hätten? Dieses verneinten wir. Was läuft hier überhaupt noch richtig? Auch sie musste dann zugeben, dass in unserem Verfahren nicht alles richtig gelaufen ist. „Bei ihnen ist ja alles schief gelaufen!"

1. „GU" wurde nicht beantragt.
2. Elterninfo versäumt
3. Anruf der Schulleiterin der Regelschule bei der Sprachtherapeutin, ohne schriftliche Entbindung der Schweigepflicht.
4. Kein Protokoll, beim Abschlussgespräch wurde kein Vordruck vorgelegt, den wir hätten unterschreiben müssen.
5. das Verhalten des Gutachters

Zum Schluss meinte sie zu uns: „Ich will ja keinen Lehrer in die Pfanne hauen, aber ich bitte Sie, doch mit der Schulleitung der Sonderschule zu sprechen! Und klären Sie ihn über das Verhalten des Gutachters auf. Das geht so natürlich nicht!"

Das geht so nicht? Natürlich geht das so nicht!

21. Mai 2007

Heute Morgen habe ich bei der Sonderschule angerufen und um ein Gespräch mit der Schulleitung gebeten. Ich wurde auch prompt durchgestellt. Zu meiner Überraschung war heute keiner krank, im Urlaub oder gar nicht zuständig gewesen. Über solche Kleinigkeiten kann ich mich auch schon freuen.

Ich hatte dann die Schulleiterin direkt am Apparat. Ich erklärte ihr in kurzen Sätzen, was mein Anliegen sei. Sie drängte aber schon am Telefon, Näheres zu erfahren. Darauf meinte ich zu ihr, dass ich das sehr unpersönlich finde, und doch lieber persönlich vorstellig werden möchte. Damit war sie dann auch schnell einverstanden. Der Termin hierfür ist am 23. Mai 2007. Das Gespräch soll dann mit ihr und dem Konrektor stattfinden.

23.Mai 2007

Gespräch mit der Schulleitung der Sonderschule

Ich müsste eigentlich schon ein Magengeschwür haben...! Ja, ich habe schon wieder Bauchweh. Könnte eine nach der anderen rauchen! Trink nicht so viel Kaffee, sonst musst du gleich wieder andauernd aufs Klo rennen! Ich hasse es mittlerweile, amtliche Beschwerden los zu werden. Aber, wer nicht losgeht, der erreicht auch nichts. Also los! Josy noch schnell in den Kindergarten bringen. Denn um 8.30 Uhr habe ich schon den Termin in der Schule. Ich rauchte am Auto auf dem Parkplatz noch schnell eine. Dann rein ins Auto und

noch einen Atemfrischbonbon in den Mund gesteckt. Ich glaube, ich muss noch mal schnell auf Klo. Nein, keine Zeit mehr dafür. Und ging nun mit Magengrummeln über den Schulhof. Heute ist mein Mann nicht mit dabei. Das schaffe ich heute alleine. Mein Herz pochte, und am liebsten möchte ich weglaufen. Aber wer nicht losgeht, der.........! Schließlich möchte ich auch für mich meinen Unmut kundtun, und über das Verhalten des Gutachters aufklären. Das ist mir sehr wichtig. Es kommen noch Eltern nach mir. Und denen soll es nicht so ergehen wie uns. Vor allen Dingen, man unterhält sich mit anderen Eltern darüber (die vielleicht in derselben Situation sind wie wir) und schon ist das schlechte Bild vorhanden. Für solch eine Schule schon fast das Todesurteil. Solche Schulen sind wichtig, sehr wichtig sogar! Ich bin froh, dass es für Lernbehinderte sowie für sozial Auffällige und sprachbehinderte Kinder diese Schulform gibt. Sie sind sinnvoll, um Kindern mit Defiziten zu helfen. Sehr unglücklich finde ich die Klassenzusammenstellung. Hier sind alle Kinder unterschiedlichster Defizite in einer Klasse untergebracht. Optimale Förderung für jedes Kind? Lass ich jetzt mal so mit Fragezeichen stehen. Das muss an dieser Stelle jeder für sich entscheiden.
Ich ging die Stufen hoch zum Zimmer der Schulleitung. Mein Herz klopft wie wild. Doch ich sah auch klar vor Augen, ich will hier etwas erreichen... Noch mal tief durchatmen (soll ja entspannen!) und an die Tür geklopft. Die Schulleiterin persönlich öffnete mir. Sie hieß mich

herzlich willkommen. Sie ist sehr freundlich und bat mich herein und Platz zu nehmen. Sie entschuldigte sich aber gleich sofort. Es läge noch ein anderes wichtiges Gespräch vor. Und sie müsse dort erst einmal den Termin wahrnehmen. Doch der Konrektor würde mich in ca. 10 Minuten empfangen. Sie wolle sich aber bemühen, wenn es noch möglich ist, an dem Gespräch teilzunehmen. Dann würde sie später nachkommen. Ich meinte darauf, dass es für mich in Ordnung wäre und war damit natürlich einverstanden. Der Konrektor ist ja auch OK. Ich nahm also Platz und wartete. Als ich so aus dem Fenster schaute, sehe ich auf dem gegenüberliegenden Dach einen Handwerker herumturnen, der wohl alte Dachziegel austauschen möchte. – Dass immer noch so viele Handwerkerfirmen ihre Leute ohne Sicherung arbeiten lassen? Verstehe ich nicht. Während ich so da saß, wurde ich immer ruhiger und entspannte mich schon fast. Für mich im Moment seltenheitswert. Doch in diesem Moment ging die Tür auf. Der Konrektor kam herein. Er stellt sich freundlich vor und bat mich, jetzt mein Anliegen vorzutragen. Nun war ich an der Reihe. Ich fing an ihm den ganzen Werdegang, vom ersten Elterngespräch an, zu erzählen. Was gesagt und getan wurde. Oder auch nicht getan und gesagt wurde. Er hörte mir aufmerksam zu. Er hinterfragte manche Dinge. Und Notizen machte er sich auch dazu. Sein erster Satz auf seinem Zettel war: „Der „GU" wurde nicht beantragt. „Na, dass Sie unzufrieden sind, kann ich gut verstehen." Kann er?

Wirklich? Doch auch er stellte schnell fest, dass wir wirklich schlecht beraten worden sind. Er hatte bis zum Ende des Gespräches eine ganze DIN A4 Seite voll geschrieben. Er fragte mich jetzt, was er denn nun mit dem Gutachter besprechen solle? Ich soll ihm jetzt erzählen, was er mit dem Gutachter machen soll???? Ergibt sich das denn nicht schon aus der letzten Stunde? Anscheinend nicht. Dann muss ich ihm wohl mal auf die Sprünge helfen. „Es wäre sinnvoll, mit ihm darüber zu sprechen, dass die Eltern auch die Möglichkeit hätten, ihre Kinder auf eine andere Schule zu geben. Zum Beispiel eine Sprachheilschule, wenn bei dem Kind eine Sprachentwicklungsstörung vorliegt. Oder eben andere Schwerpunkte. Aber es muss den Eltern detailliert aufgezeigt werden, welche Möglichkeiten es für sie gibt. Bitten Sie ihn, dass er den Eltern empfiehlt, sich auch einfach mal andere Schulen anzusehen. Sich mit den Verantwortlichen unverbindlich zu unterhalten. Aufzeigen, was andere Schulen zu bieten haben. Ich finde, das ist einfach seine Pflicht, wenn es um Integrativkinder geht. Wir wollen die optimale Förderung für unser Kind. Und nichts Anderes. Und noch etwas, was hinzukommt: Ich erzähle es meiner Nachbarin, die auch ein Integrativkind hat und am überlegen ist, auf welche Schule sie ihr Kind gibt?" Ich fragte den Konrektor, welchen Eindruck es denn auf solche Leute macht, wenn jedes Verfahren so läuft wie unseres? Können Sie sich das als Sonderschule überhaupt erlauben? Die Sonderschule hat sowieso keinen guten Standpunkt in der

Gesellschaft. Dann ist ein solcher Gutachter fehl am Platze, der dieses noch zu unterstützen versucht. Ich sagte ihm aber auch, dass ich es gut finde, dass es Sonderschulen gibt, für die Kinder, die auf einer Regelschule nicht zurecht kommen würden." Mein Kind gehört aber definitiv nicht dazu."

Auch er vertrat die Meinung, dass der Verlauf des Verfahrens bei uns, in keinem Falle seiner Überzeugung entspricht, wie ein Verfahren zu laufen hat. Ich glaubte zu sehen, dass seine Gesichtsfärbung sich ins purpurrot verfärbte. „ Ich höre von Ihnen die ganze Zeit, dass **Sie** sich entscheiden sollen? Sie treffen aber gar nicht die Entscheidung." Ich sagte: „Das weiß ich. Es ist das Schulamt, das entscheidet."

Dann ist es unablässig, sich zu informieren. Welche Schule ist der beste Förderort? Welches System ist gut für mein Kind? Dieses erfordert ein Höchstmaß an Geduld und Gesprächen. Auch in der Familie. Aber bitte nicht die ganze Familie. Das wäre ein Höchstmaß an Überforderung. Ich befürworte es, wenn zu den Elterngesprächen auch immer beide Elternteile dabei sind. Für manche lässt es sich nicht immer realisieren, ich weiß. Aber dennoch hier der Appell an alle Eltern. Wenn es möglich zu machen ist, bitte dann auch beide. Man könnte sonst schnell missverstanden werden, als allein auftretende Mutter. Vielleicht sogar als „hysterische Mutter", die nur ihr Kind beschützen will. Auch „Löwenmama" genannt. Und der Partner kann dann auch nicht sagen:" Du fühlst dich ja nur auf den

Schlips getreten, weil unser Kind ein „Manko" hat!"
Oder, „Da hast du jetzt aber falsch reagiert!" oder,
„Du hast wahrscheinlich nur die Hälfte erzählt!"
Wenn Beide in das Verfahren involviert sind,
können auch Beide Stellungen dazu nehmen. Es
kann sich untereinander ausgetauscht werden und
Gemeinsames besprochen werden. Und die
Angelegenheiten überdacht werden und zwar
zusammen. Meinungen entstehen und festigen
sich. Das sind beste Voraussetzungen für eine
gemeinsame Entscheidung.

Ich bin aus diesem Gespräch, das im Zusammenhang mit der Schulwahl für Josy stand, das
erste Mal mit einem positiven Gefühl wieder nach
Hause gegangen. Man hat mir zugehört, mich ernst
genommen und zu verstehen gegeben, dass ich
keine „hysterische Mutter" bin, die Sonderschulen
hasst, nur weil sie Sonderschule heißt. Ich arbeite
auch manchmal mit meinem Gehirn zusammen. Es
nützt uns momentan aber nichts, Reden zu
schwingen. Denn ich wartete jeden Tag darauf,
Post in meinem Briefkasten vorzufinden, die uns
endlich mitteilt, auf welche Schule ich mein Kind
am 7.8. 2007 einschulen darf. Ein kleines
Stoßgebet an meine verstorbene Schwiegermama
hatte ich auch schon losgeschickt. Beten hilft ja
manchmal.

18.6.2007

Es ist Montagmorgen und ich treffe gerade auf eine
Mutter, die auch noch auf Antwort vom Schulamt

wartet. Sie spricht mich an und fragt mich, ob ich schon Post vom Schulamt bekommen hätte? Ich antwortete:" Nein, immer noch nicht! Und wenn ich bis heute Mittag noch keine Post im Briefkasten habe, dann werde ich sofort beim Schulamt anrufen und mal nachfragen, was denn da los ist?

Es war zwei Tage vor den Sommerferien. So langsam wurde es doch wohl mal Zeit zu wissen, in welche Schule Josy kommen soll?! Oder? Es war keine Post im Briefkasten gewesen. Hatte ich mir schon irgendwie gedacht. Ich hoffte nur, dass das Stoßgebet an meine Schwiegermama geholfen hat! Ich griff zum Hörer und wählte die Nummer vom Schulamt. Es meldete sich die Sekretärin. „Ja, schönen guten Tag, Frau Landhaus." (sie erkannte mich mittlerweile schon an meiner Stimme und wir waren schon fast per „Du") "Ich möchte doch jetzt gerne mal wissen, ob schon eine Entscheidung vorliegt?" „Ja, der Brief ist raus und die Schule ist die Integrative Schule, wo Sie Ihre Tochter auch hin haben wollten. Der Brief ist jetzt zur Stadtverwaltung unterwegs. Das ist aber nur noch Formsache."

Na, wollen wir es hoffen. Überraschungen haben wir genug erlebt. „Und dann bekommen Sie schriftlich, in ein paar Tagen, Bescheid." „Ja, das ist ja super", sagte ich. „Danke, und einen schönen Tag noch." Ich legte den Hörer auf die Gabel und mich überkam ein erleichtertes Gefühl. Es ist vorbei! Es ist geschafft! Das Kämpfen hat sich also doch gelohnt! Ich fing vor Freude an zu weinen. Der ganze Druck, der sich jetzt über Monate aufgebaut hatte, fiel wie ein Stein von meiner Brust. Nun hoffte ich, dass diese Entscheidung auch richtig war, Josy auf die Integrativ-Schule zu geben? Wir warten ab und werden es sehen.

Anmeldung in der Integrativ-Schule

Am 19.6.2007 rief ich bei der Integrativ-Schule an. Ich hatte sofort den Rektor der Schule dran. Ich erzählte ihm, dass ich seit gestern den mündlichen Bescheid darüber habe, dass Josy auf die Integrativ- Schule kommt. Darauf er:" Ja, das ist richtig. Wir wissen auch seit gestern Bescheid, welche Kinder kommen." Ich fragte ihn dann, wie wir jetzt weiter vorgehen sollen mit der Anmeldung? Er antwortete: „Wenn sie heute oder morgen Zeit haben, können Sie vorbeikommen. Und wir regeln dann den schriftlichen Kram." Ich meinte dann: "Ok, ich hätte jetzt Zeit. Dann würde ich gerne jetzt vorbeikommen." Gesagt, getan. Der Rektor war sehr freundlich und regelte mit mir noch die letzten Formalitäten. Zettel für die Buchbestellung und Zettel für die Schulutensilien (Tuschkasten, Pinsel, Malblock etc.). Der Rektor erzählte mir, dass er gerne noch mit den Kindern einen „Kennlernnachmittag" veranstaltet hätte. Doch er wusste selber bis gestern nicht, welche Kinder überhaupt kommen und wie viele? Er fand das sehr schade. Schließlich stellte er mir sogar noch Josy's

Klassenlehrerin vor. Sehr nett. Sie fragte mich dann noch nach Josy`s Persönlichkeit. Damit sie weiß, was auf sie zukommt. Ist ja auch sinnvoll.

Es war Donnerstag, der 28.6.2007 und ich hatte Post in meinem Briefkasten. Ja, Post vom Schulamt. Ich öffnete aufgeregt den Brief. Doch mir stockte am Ende des Briefes fast der Atem. „Die Empfehlung für Ihre Tochter Josy, ist.........die Sonderschule!!" Ende des Briefes. Ich saß da, und konnte es kaum glauben. Doch ich besann mich und dachte...du hast sie doch schon auf der Schule angemeldet? Das kann nicht sein!? Aus Reflex wahrscheinlich, drehte ich den Brief um. ....„oder die Integrativ-Schule." Na, also doch. Der Stein fiel ganz laut. Und nun wird die Zeitung noch einen schönen Artikel bekommen. Andere Eltern sollen erfahren, wie es uns ergangen ist. Das ließen wir nicht so auf uns sitzen.

Josy´s erster Schultag 7.8.2007

Es herrschte große Aufregung am heutigen Tag. Um 10.30 Uhr war Kirche angesagt. Die Kirche war proppevoll. Der Gottesdienst war sehr schön gewesen. Ich musste mit meinen Tränen kämpfen. Josy geht jetzt zur Schule. Ein neuer Lebensabschnitt beginnt für sie. Für uns auch. Ich freute mich darauf. Wir haben schon viel erreicht. Auch Josy hat viel erreicht. Sie ist ein Kind, was immer nach vorne schaut. Sie will weiterkommen. Sie hat unheimlichen Ehrgeiz.

Am Ende des Gottesdienstes gingen wir gemeinsam hinüber zur Schule. Sie liegt direkt neben der Kirche. Wir versammelten uns alle auf dem Schulhof. Alle Eltern und Großeltern, sowie auch die Paten der Kinder. Es gab dieses Jahr zwei erste Klassen. Und eine davon ist eine Integrativ-Klasse. Der Rektor stellt sich nun vor. Und er verkündete, dass die Lehrerin, die eigentlich Josy´s Klasse übernehmen sollte, nicht die Klasse übernimmt, weil sie schwanger geworden ist. Danach würde sie Elternzeit nehmen. Deshalb hätte man sich von vornherein entschieden, eine neue Klassenlehrerin zu bestimmen und hoffte auf unser Verständnis. Klar doch. Bleibt uns ja auch nichts anderes übrig. Oder sollten wir jetzt protestieren? Na, da hätte ich auf jeden Fall Übung drin. Wäre also kein Problem. Nein, Probleme hatten wir jetzt genug gehabt. Jetzt wollten wir in Ruhe in die nächste Runde starten. Josy stand die ganze Zeit neben mir. Sie bewegte sich keinen Schritt von mir weg. Alles zu aufregend für sie. Der Rektor las nun die Namen vor. Und die Kinder sollten sich dann der Lehrerin anschließen und mit ihr in die Klasse gehen. Ich hoffte nur, dass Josy das heute auch genauso gut macht wie die anderen Kinder. Durch das laute Gemurmel der umstehenden Leute verstand man den Rektor teilweise nur sehr schlecht. Ich glaubte, ich höre gerade Josy´s Namen, wollte sie gerade darauf hinweisen, doch da war sie schon los gesprintet. Und weg war sie auf dem Weg in eine neue Welt.

Josy hatte am ersten Schultag schon Schularbeiten auf. Mann, war das alles auf-regend. Auch Josy`s Patentante war gekommen. Sie hatte für Josy eine sehr schöne „Prinzessin Lillyfee" Schultüte gebastelt. Doch die beiden Schultüten durfte sie erst zu Hause öffnen. Sie hatte natürlich schon mal heimlich reingeschaut.

Heute sollte es Josy´s Lieblingsessen geben. „Omas Nudeln". Sie liebt dieses Essen. Meine Schwiegermutter hatte mir damals gezeigt, wie ich das Essen herrichten muss. Und Josy wollte diese Nudeln so, wie Oma sie gemacht hat, weiterhin verzehren. Und zum Nachtisch gab es roten Wackelpudding. Zum Kaffee gab es leckeren Apfelkuchen. Der Tag war rundum schön gewesen. Wir mussten ja noch die Hausaufgaben machen. Sie sollte eine Schul-tüte ausmalen. Vielleicht so, wie ihre eigene aussah? Josy hatte nicht wirklich viel Lust gehabt. Und somit sah das gemalte Bild ziemlich chaotisch aus. Das kann sie eigentlich besser. Aber heute können wir mal darüber hinwegsehen. Sie muss sich erstmal eingewöhnen und schauen, wie alles funktioniert. Am zweiten Tag gab es wieder Hausaufgaben auf. Sie hat ein kleines Aufgabenheft, wo sie alles hineinschreibt. Sie hatte in Mathematik etwas auf gehabt. Ich fragte Josy, ob sie denn gleich nach dem

Mittagessen ihre Hausaufgaben machen möchte? Sie antwortete mir darauf: „Ich muss das aber nicht machen. Die Lehrerin hat nichts zu mir gesagt." Ich meinte daraufhin: „Aber es steht doch drin in deinem Heft, dass du etwas auf hast?!" Sie: „Nein, das mache ich nicht, sie hat nicht zu mir gesagt, dass ich das machen soll." Ich war am Ende. Das geht ja gut los mit ihr. Braucht meine Tochter jetzt eine persönliche Einladung für die Hausaufgaben? Super, ich brauchte erst mal frische Luft. Draußen traf ich meine Nachbarin. Und ich erzählte ihr wie der erste Schultag von Josy war. Doch jetzt musste ich wieder reingehen, um Essen zu kochen. Auf einmal schoss es mir durch den Kopf, wie ich Josy davon überzeugen kann, doch ihre Hausaufgaben zu machen. Ich hatte nämlich keine Lust, schon am zweiten Tag zu diskutieren, ob oder ob nicht. Und warum man überhaupt Hausaufgaben auf bekommt. Hatte einfach keine Lust dazu. Ich ging zu Josy ins Wohnzimmer und sagte zu ihr: „Josy, ich muss dir gleich mal etwas erzählen". Sie schaute aufmerksam auf. „Ich habe gerade die Nachbarin getroffen. Und sie hat mir etwas Spannendes erzählt." Sie fragte: „Ja, was denn?" „ Die Nachbarin hat mir erzählt, dass mit den Hausaufgaben in deinem Heft ist ein Trick der Lehrer. Sie möchten sehen, ob die Kinder überhaupt ihre Hausaufgaben machen?" Ich sagte ihr dieses aber in einem Flüsterton. Als ob es ein großes Geheimnis wäre. Prompt machte sie nach dem Essen ihre Aufgaben sofort fertig.

Josy schlief abends immer sehr spät ein. Sie kam

einfach nicht zur Ruhe. Sie spielte oder malte immer noch, wenn sie abends eigentlich im Bett liegen und schlafen sollte. So gegen 22.00 Uhr wurde es erst still in ihrem Zimmer. Ich hoffte, dass sich das noch in den nächsten Wochen legen wird. Es ist jetzt eine Woche um in der Schule und mich interessierte es brennend, ob Josy sich dort mittlerweile gut eingelebt hat und sich dort wohl fühlt? Oder, ob es ihr sogar langweilig ist. Am Abend, als ich sie ins Bett brachte, fragte ich sie dann danach. Sie antwortete mir, dass sie sehr zufrieden sei. Und ihr gefällt es gut dort. Ich hoffe, dass das auch so bleibt.

Heute Morgen waren wir später dran, als normal. Sie trödelte herum und kam einfach nicht aus dem Bett heraus. Ich glaube, ich muss an meiner Strategie noch etwas feilen, wie ich sie morgens besser aus dem Bett bekomme. An einem Abend erzählte sie mir freudestrahlend, dass sie schon eine „halbe" Freundin hätte. Ich fragte verdutzt, warum es denn nur eine „halbe" Freundin sei? „Na ja, ich habe den Namen vergessen." Und ein anderes Mädchen hätte sie gefragt, ob sie nicht ihre Freundin sein möchte? Josy sagte, sie hätte nicht gleich „ja" gesagt. Sie musste erst einmal einen Augenblick überlegen. Und dann hat sie erst „Ja, Ok" gesagt. Solche Entscheidungen fürs Leben sind wichtig und sollten wohl überlegt sein. Man kann nicht immer gleich „ja" zu allem und jeden sagen. Das ist schon Ok so.

Das erste Gespräch mit der Förderlehrerin habe ich in ca. drei Wochen. Der erste Elternabend war auch schon gewesen. Ich bin erste Vorsitzende geworden. Die Eltern der Integrativen Kinder hatten die Möglichkeit ca. eine Stunde vorher, die Lehrerin sowie die Förderlehrerin kennen zu lernen. Nun saßen wir alle mal an einem Tisch. So lernt man auch mal andere Betroffene kennen. Eine Mutter erzählte mir, ihr Sohn ist auch ein I-Kind, dass ihr Kind von einem Gutachter als geistig behindert abgestempelt werden sollte. Sie sagte ihm aber, dass ihr Sohn nicht geistig behindert ist. Er ist sechs Jahre alt, hat aber den Stand eines fünfjährigen. Ist man dann schon geistig behindert? Und wichtige Frage für mich...... Welcher Gutachter sagte so etwas? Etwa der Gleiche, den wir hatten? Und wenn? Was könnte man tun?

Vorgestern erfuhr ich von meiner Nachbarin, die ihre Tochter auf der Sonderschule hat, dass der Gutachter, den Josy hatte, nicht mehr auf der Schule unterrichtet. Na, gibt's denn so was? Hat meine Beschwerde Früchte getragen? Ist er etwa strafversetzt worden? Er soll jetzt an einer anderen Schule unterrichten. Na, das freut mich aber. Am meisten freut es mich für die Eltern, die keinen Kontakt mehr mit ihm haben mussten. Ich glaube, ich muss noch mal mit dem Konrektor sprechen. Ich bin ja nicht neugierig. Aber wissen möchte ich das schon. Das Gespräch ist ja eigentlich noch offen. Mal schauen......

Josy geht mit Freude zur Schule. Dennoch habe ich manchmal den Eindruck, es gefällt ihr irgendetwas nicht. Ich fragte sie dann auch wieder danach. „Gefällt es dir immer noch in Schule"? Doch heute antwortete sie mir: "Es wäre doch auch schön gewesen, mit Vanessa, (Josy`s Freundin) zusammen auf die gleiche Schule zu gehen. „Dann könnte ich immer mit ihr spielen." Doch ich erklärte ihr, dass Vanessa, sie hat nicht nur Wahrnehmungsstörungen, sondern auch noch mehr sprachliche Probleme, als Josy, eine andere Schule besuchen muss. Nämlich die Sonderschule. Das jedes Kind unterschiedlich ist. Und das Lernen für Vanessa auf dieser Schule für sie die beste Förderung bietet. Josy verstand das dann auch. Und es war Ok für sie.

Mit dem morgendlichen Aufstehen klappte es immer noch nicht. Heute Morgen war sie sogar ohne Frühstück zur Schule gegangen. Sie war einfach zu spät aufgestanden. Es klappte einfach noch nicht. Und ich bin es langsam Leid, morgens schon wütend auf meine Tochter zu sein. Vielleicht habe ich ja noch eine Eingebung. Bis jetzt hat jedenfalls nichts geholfen.

Es ist Montagmorgen und ich stand mit zwei Müttern vor dem Eingang der Schule. Wir unterhielten uns. Es war kurz vor Schulschluss. Es war auch wieder die Mutter dabei mit dem Kind, was den Stand eines fünfjährigen hat. Sie erzählte mir, dass sie dafür sorgen muss, für ihren Sohn einen Zivi zu bekommen. Sie muss dafür einen Antrag stellen. Sie hatte einen Termin beim

Gutachter mit ihm. Er sollte anhand eines Tests feststellen, ob der Junge in der Schule Unterstützung braucht oder nicht. Ihr Sohn kann sich noch nicht richtig anziehen. Nach dem Turnunterricht hat er sämtliche Sachen verkehrt herum an. Es hilft ihm zurzeit keiner dabei. Die Mühlen mahlen langsam. Sie erzählte mir von dem Gutachter, der ihren Sohn getestet hat. Ein Teil des Testes bestand darin, dass der Junge Kreise und Dreiecke zeichnen sollte. Der Test dauerte ca. zehn Minuten. Einfach Wahnsinn, wie viel Zeit man sich wieder nimmt. Ihnen „bestmögliche Unterstützung" zukommen lässt. Sinnvolle Tests machten und auf die Bedürfnisse der Kinder eingeht. Die Eltern unterstützt und sinnvolle Hilfe anbietet. Mir sträubten sich die Nackenhaare. Der Psychologe fing dann auch noch an, mit Gegenständen zu reden. Er schob sich dann noch ein Kaugummi in den Mund. Und war ganz aus dem Häuschen, als er merkte, dass das Kaugummi so sauer schmeckte. Wer muss denn jetzt hier behandelt werden? Ich frage mich manchmal, wofür die Leute bezahlt werden? Die Mutter muss nun abwarten, was das Testergebnis bringt. Ich war gespannt wie ein Flitzebogen. Und ich hoffe, dass das Testergebnis gut für ihren Sohn ausfällt. Dass er die Unterstützung bekommt, die er braucht. Als wir so zusammenstehen, fragte ich die andere Mutter, ob sie die Förderlehrerin kennt, die in unserer Klasse unterrichtet? Erst zögerlich kam die Antwort. Sie kennt die Förderlehrerin aus dem Kindergarten. Sie ist wohl mal einen Vormittag da gewesen, um sich die Kinder schon mal anzuschauen und kennen zu lernen, bevor sie eingeschult werden. Doch im Kindergarten war noch alles in Ordnung. Die Kinder waren ja toll drauf. Keine Probleme in Sicht. Doch die böse Überraschung folgte kurz nach der Einschulung ihres Kindes. Plötzlich hätte dieses Kind Defizite gehabt, die vorher überhaupt nicht erkennbar waren. Die Mutter fiel aus allen Wolken. Sie hat die Defizite, die vorhanden sein sollten, von anderer Stelle überprüfen lassen. Und die Ergebnisse der Schule vorgelegt. Diese Ergebnisse deckten sich aber nicht mit denen der Schule. Komisch. Dann fand man plötzlich in einem anderen Bereich Defizite. Auch diesmal ließ die Mutter es überprüfen. Und wieder kamen andere Ergebnisse zu Tage. Was nun? Ich stelle immer wieder fest, dass viele dieser Kinder hoch intelligent sind. Oder zumindest überdurchschnittlich. Haben die Förderkräfte denn keine Augen im Kopf? Kostet es zu viel Zeit? Ich weiß es nicht. Auf jedenfall hatte ich schon wieder einen leicht geschwollenen Hals. Wir werden es am Donnerstag sehen, was mir die Förderlehrerin dann über Josy erzählen wird. Ich bin gespannt.

Der Zeitungsartikel

Ich hatte die Tage mit der örtlichen Zeitung telefoniert. Ich wollte diesen Artikel immer noch schreiben. Wir haben uns für Mittwoch verabredet. Die Reporterin wollte zu mir nach Hause kommen.

Und über das Einschulungsverfahren von Josy schreiben. Über diese Missstände musste einfach aufgeklärt werden. Damit mehr Mütter sich trauen, sich zu wehren. Den Anderen den Kampf ansagen. Wir lassen uns nicht alles gefallen. Ich merke hier aber auch an, dass dieses Verhalten natürlich begründet sein muss. Es gibt auch hier schwarze Schafe unter uns. Welche Mutter möchte schon, dass ihr Kind eine Sonderschule besuchen muss? Verstehe ich. Es ist die unterste Schulform. Nicht zu verwechseln mit unterster „Bürgerschicht!" Oder gar „asozial." Viele Eltern weigern sich einfach, das zu akzeptieren. Und das geht immer auf Kosten der Kinder. Es gibt genug Anlaufstellen, die man zu Rate ziehen kann. Lassen Sie sich mehr von Ihrem Gefühl leiten und schauen Sie sich objektiv die Therapeuten an. Sobald Sie das Gefühl haben, es geht nicht vorwärts mit der Therapie, aber bitte erwarten Sie keine Wunder, dann nicht scheuen, den Therapeuten zu wechseln. Unterhalten Sie sich mit anderen betroffenen Eltern. Denken Sie immer zum Wohle des Kindes. Tauschen Sie sich aus. Hilfestellungen von Therapeuten werden auch Ihnen aufzeigen, Ihr Kind besser zu verstehen.

Auszug aus dem Zeitungsartikel: 31.8. 2007

„Das System krankt"

Familie Landhaus kämpft für ihre Tochter um Einschulung in integrative Klasse

Am Ende ist alles gut. Die sechsjährige Josy besucht seit einigen Wochen die integrative erste Klasse. Sie fühlt sich dort pudelwohl. Bis es allerdings soweit war, musste Familie Landhaus viele Höhen und Tiefen durchschreiten. Josy hat eine Taktile Wahrnehmungsstörung, Berührungen bereiten ihr Probleme. Nach dem Besuch der integrativen Gruppe im Kindergarten stellte sich für die Eltern die Frage: Auf welche Schule soll Josy gehen? Das Schulspiel an der Grundschule habe ergeben, dass Josy sowohl Probleme im sprachlichen Bereich als auch beim Zahlenverständnis hat und für ihre schulische Laufbahn besonderer Förderung bedarf.

Gutachten:
Die Eltern wünschen sich für ihr Kind den integrativen Unterricht an der Regelschule, am liebsten an der ortsansässigen Grundschule. Als Grundlage für die Entscheidung, an welcher Schule ein behindertes Kind unterrichtet wird, dient der Schulaufsichtsbehörde ein Gutachten. Erstellt wird dieses von einem Sonderschullehrer sowie einer Grundschullehrerin. In Josy's Fall sprach sich der Sonderschullehrer dafür aus, Josy an seiner Schule anzumelden. Parallel zur Gutachten-Erstellung in diesem Jahr ließen Josy's Eltern einen Test an der

Kinder- und Jugendklinik durchführen. Darin beweist Josy gutes Hörvermögen sowie eine überdurchschnittliche Intelligenz. Familie Landhaus fühlte sich in ihrem Wunsch bestätigt, ihr Kind auf eine Regelschule zu schicken und die Sprachschwierigkeiten mit gezielter Förderung zu überwinden. „Diese Einschätzung hat uns auch Josy´s Logopäden bestätigt." Beim Gespräch in der Schulaufsichtsbehörde konnte Familie Landhaus ihre Argumente vorbringen, musste danach jedoch lange Zeit bangen, ob ihrem Wunsch entsprochen wird.

Mehrbelastung:

Denn an der Integrativ-Schule, einzige Schule mit integrativen Klassen, stehen nicht unbegrenzt Plätze zur Verfügung. Und so musste Familie Landhaus bis zwei Tage vor Ferienbeginn bangen, ob es klappt. Mit der Entscheidung ist Frau Landhaus zufrieden, mit der Vorgehensweise weniger. Zu kurz erschien ihr teilweise die Begutachtungsdauer, zu lange dauerte die Gutachtenerstellung: „Eltern mit behinderten Kindern haben sowieso mehr Rennerei. Und dann noch das. Das ganze System krankt. Es sollte hinterfragt werden."

Die Förderlehrerin kam pünktlich zum Gespräch. Sie war sehr zufrieden mit Josy gewesen. Momentan werden die Kinder immer mal wieder umgesetzt. Um auch andere Schüler außer ihren direkten Nachbarn kennen zu lernen. Ich sagte ihr auch noch, sobald sie merkt, dass Josy grammatikalische Probleme bekommt, wir frühzeitig miteinander reden müssen. Auf Anraten der Logopädin, sollte ich Josy spätestens im zweiten Schuljahr noch mal vorstellen. Sollten Defizite noch vorhanden sein. Es geht hier hauptsächlich um die grammatikalische Aussprache. Die Logopädin meinte, alles was später als im zweiten Schuljahr behoben wird, nur noch schwer wieder gerade zu biegen ist. Es hat sich dann schon zu sehr gefestigt.

Also doch keine Überraschung. Ich war zufrieden. Aber, es kann ja immer noch anders kommen. Mittlerweile glaube ich, man wartet schon drauf, dass etwas passiert. Man ist ewig in „Lauerstellung". Kommt jetzt wieder etwas Neues oder nicht? Anstrengend, einfach anstrengend.

Wenige Tage später erschien der Artikel in der Zeitung.

Noch am selben Tag, als der Artikel erschien, sprachen mich schon die ersten Nachbarn an. Sie fanden den Artikel super. Einige Tage später musste ich zu meiner Bank. Vor der Bank traf ich Bekannte. Sie sprachen mich auf den Artikel in der Zeitung an. Sie freuten sich für uns, dass es mit der Einschulung von Josy auf die Integrativ- Schule doch noch geklappt hat. Und wünschten Josy einen guten Start in der Schule. Ich bin jetzt gerade ein bisschen stolz. Die Leute lesen doch die Zeitung. War das nicht auch mein Ziel gewesen? Schon, aber es fühlte sich komisch an. Aber ich stehe dazu, was ich getan bzw. geschrieben habe. Es war für mich Premiere gewesen und da darf man so ein komisches Gefühl ruhig haben. Wenn man dann auch noch positive Rückmeldungen bekommt, dann bestärkt es Einen nur, doch das Richtige getan zu haben. Nun musste ich aber weiter. Ich verabschiedete mich und wünschte noch einen schönen Tag.

Der Bankschalter war gerade geöffnet. Der Mitarbeiter kennt uns schon seit Jahren. Er lächelte mich an, als er mich sah. Ich musste heute nicht an den Schalter, doch er winkte mich an den Schalter heran. „ Ich weiß gar nicht, was ich sagen soll? Ich habe Ihren Artikel in der Zeitung gelesen. Herzlichen Glückwunsch! Toll, das Sie das geschafft haben." Er erzählte mir dann noch, dass er in seinem Bekanntenkreis selber ein Lehrerehepaar kennt. Sie haben eine Tochter. Sie brauchte auch noch Förderung. Doch die Eltern hätten es nicht geschafft, ihre Tochter auf die für sie unterstützende Schule zu geben. Deshalb war er sehr erfreut darüber, dass es dann bei uns geklappt hatte. Na, glaubte ich ihm aufs Wort. Da denkt man doch gleich, Lehrer hätten da ein viel leichteres Spiel. Wohl geirrt. Selbst mein Frauenarzt, den ich in dieser Zeit aufsuchen musste, hatte meinen Artikel gelesen. Und meinte dann auch zu mir, endlich macht mal jemand den Mund auf, was dieses Thema angeht.

Abschließend kann ich also nur sagen, dass der Artikel ein voller Erfolg war. Viele wussten aber auch gar nicht, dass ich ein Kind mit taktilen Wahrnehmungsstörungen habe. Na so was. Man kann doch nicht alles wissen. Man setzt sich ja nicht mit Allem auseinander. Betrifft es einen nicht selber, warum soll man sich dann mit dem Thema befassen?

Die Mutter mit dem sechsjährigen Jungen hat immer noch keinen Zivi für ihren Sohn. Mittlerweile sind die Kinder schon vier Wochen in der Schule. Behördenstellen mahlen halt langsam. Ich würde dort jeden zweiten Tag anrufen. Sie müssten mich schon an der Stimme erkennen. Druck machen, immer wieder Druck machen. Wie gehen Behörden doch unbürokratisch damit um. Es ist zum schreien. Warum muss man für sein Recht so kämpfen? Haben wir denn nicht schon genug Laufereien mit unseren Kindern? Erst wirst du bekloppt mit deinem Kind, bis man eine Diagnose hat. Dann wird man bekloppt von der Rennerei und Tests und Therapien, die natürlich dringend notwendig sind. Und zum guten Schluss liegen die Nerven blank, um Therapien durchzusetzen und best- mögliche Förderung anzustreben. Steine legt man uns dabei massig in den Weg. Es ist unsere Aufgabe als Eltern, sie schlau zu umgehen. Oder sie konsequent aus dem Weg zu räumen. Es kostet manchmal viel Kraft und Zeit. Bitte dran bleiben! Der Erfolg stellt sich ein. Es ist die Mühe wert.

Die Mutter mit ihrem Jungen hat Erfolg gehabt. Der Zivi ist da. Circa eine Woche nach Erscheinen meines Artikels in der Zeitung, klingelte mittags mein Telefon. Eine Frau meldete sich am anderen Ende, die meinen Artikel gelesen hatte. Sie erzählte mir, dass sie auch ein Kind mit taktilen Wahrnehmungsstörungen hat. Sie hatte heute Morgen mit ihrem Kind die amtsärztliche Schuluntersuchung. Sie weiß jetzt schon, auf welche Schule ihr Kind eingeschult wird. Ich mag es kaum erzählen, aber ja, es ist wahr. Sie soll ihr Kind auf die „Sonderschule" einschulen. Das ist doch unglaublich. Es hat noch nicht mal das Schulspiel stattgefunden. Noch mal zur Erinnerung: Hier werden die Kinder erst einmal getestet, ob sie überhaupt schulfähig sind. Es ist ein Teil des Ganzen. Die Mutter fragte mich, ob das schon eine endgültige Entscheidung sei? Es ist noch gar nichts entschieden. Aber gut zu wissen, dass fremde Menschen es einfach besser wissen. Sich ein Urteil in fünfzehn Minuten machen können. Ich frage mich oft, ob Ärzte und auch Pädagogen auf dem neuesten Stand sind? Viele versäumen es wohl, Fortbildungsmaßnahmen zu besuchen. Jedes Kind ist anders. Auch wenn es dieselbe Diagnose gibt. Jedes Kind ist individuell. Lasst euren Kindern keinen Stempel aufsetzten. Ich verabredete mich mit der Mutter. Wir treffen uns in einem Kaffee. Ich werde ihr ein paar Tipps mit auf den Weg geben, wie sie in diesem Verfahren vorgehen kann. Wichtig auch, die richtigen Anträge stellen. Ich hoffe, ich kann weiterhelfen?

Das Treffen mit der Mutter war sehr interessant. Ich konnte ihr tatsächlich gute Tipps geben, wie sie nun in dem laufenden Verfahren weiter vorgehen soll. Dass sie aber auch Geduld haben muss. Sie dachte schon, dass der erste, der in dem Verfahren hustet und meint, was sagen zu müssen, auch schon die endgültige Entscheidung trifft. Vielleicht geben wir doch einfach einen Fragebogen mit sofortiger Entscheidungsfreiheit an die Schulamtsärzte weiter und sie brauchen nur noch ein Kreuzchen zu machen. Sie würden Anderen eine Menge Arbeit abnehmen. Aber ich überlegte gerade, soviel Arbeit kann das gar nicht sein. Bei einer Begutachtung von 10 Minuten bis einer Stunde kann ich mir nicht vorstellen, dass die Gutachter sich wirklich „übernehmen" an Arbeit? Das Schreiben haben sie jedenfalls gelernt. Ohne schriftliche Notizen vom Abschlussgespräch ein vier bis sechsseitiges Gutachten zu schreiben, finde ich sensationell. Richtig, man braucht nur ein bisschen Fantasie und ausschmücken kann man Texte ja auch noch. Wohlgemerkt, die amtsärztliche Untersuchung ist die allererste Untersuchung im ganzen Verfahren. Ich weiß, ich wiederhole mich. Ich kann mich gerade einfach nicht beruhigen.
Am Montag werde ich mich mit der nächsten Mutter treffen.
Sie rief mich letzte Woche an. Auch sie hat meinen Artikel in der Zeitung gelesen. Sie hat aber ein ganz anderes Problem. Ihr Sohn sollte diesen

Sommer in die dritte Klasse wechseln. Aufgrund von schlechten Noten, ließ sie ihn aber das zweite Schuljahr noch mal wiederholen. Doch jetzt möchte sie ihren Sohn ganz von der Schule nehmen. Ich fragte nach dem Grund. Sie erzählte mir, dass ihr Sohn eine Matheschwäche hat. Es gibt auch an der Schule ihres Sohnes Mathematikfördergruppen. Dann ist doch alles klar? Eben nicht. Die Lehrerin meinte, dass ihr Sohn nicht schlecht genug ist, um in eine Fördergruppe zu kommen. Die Mutter hat nun für ihren Sohn eine andere Möglichkeit gefunden. Sie gibt jeden Monat ca. 250 Euro aus, um ihn die richtige Förderung zukommen zu lassen. Der Junge bekommt Nachhilfe. Er hat Rechen-Dyskalkulie. Er kann also nur im Zahlenbereich von 1- 20 rechnen. Wie schlecht muss man denn sein, um in der Schule eine Förderung zu bekommen? Ich bin wieder mal sprachlos. Seine Lehrerin ist gleichzeitig die Schulleiterin. Die Mutter erzählte mir, dass die Lehrerin in einem halben Jahr in Rente geht und wohl keine Lust mehr hat sich um die Belange der Eltern zu kümmern. Ist besser, wenn sie jetzt in Rente geht.

Das Ziel von Förderschulen ist es, eine individuelle Förderung zu gewährleisten, die einen behinderten Menschen soweit wie Möglich am gesellschaftlichen Leben teilnehmen lassen kann.

Ich verstehe es nicht, warum der Wechsel gerade dort so schwierig ist? Ich meine, von der Sonderschule auf die Regelschule? Man sollte doch bemüht sein, zu sehen, wie sich ein Kind entwickelt? Natürlich ist es enorm wichtig, immer zum Wohle des Kindes zu entscheiden. Bitte vergessen Sie nicht, auch das ist sehr wichtig. Für alle Beteiligten. Wenn Ihr Kind die Förderung braucht, dann bitte lassen Sie es ihrem Kind auch zukommen. Jedes Kind entwickelt sich anders. Manche haben ihre Defizite ein Leben lang. Dann ist es erst recht wichtig, ihnen die beste Förderung zukommen zu lassen. In welcher Form auch immer. Ob in der Schule oder bei den Therapien. Es kommt ihrem Kind zu Gute. Denken sie immer daran. Ich kann es nicht oft genug betonen. Sollten Sie feststellen, dass sich durch die Therapien die Defizite wesentlich verbessern und man Überlegungen anstellen muss, eventuell die Schulform zu wechseln, dann bitte keine Scheu davor, etwas daran zu ändern. Es müssen immer wieder Gespräche stattfinden, um aufzuklären, in wie weit diese Maßnahmen notwendig sind. Sollte man noch warten oder aktiv werden? Das liegt in Ihrem Interesse und das der Förderperson, dann bitte auch danach handeln.

Es ist weniger ein Problem, ein Kind von einer Regelschule zur anderen Regelschule wechseln zu lassen. Es ist eher ein Problem, wenn das Kind die Sonderschule besucht. Man sollte sich mit dem Rektor der Sonderschule sowie mit dem Rektor der Regelschule (wo das Kind hin wechseln soll) um ein Gespräch bemühen. Reden Sie darüber, wie Ihr Kind gefördert wird und gefördert werden soll. Ob es überhaupt sinnvoll ist, die Schule zu wechseln.

Die endgültige Entscheidung trifft hier aber immer noch der Rektor. Also nicht mit dem Vorschlaghammer arbeiten. Ausführliche Gespräche helfen einem, ein ganzes Stück weiter. Machen Sie sich ruhig Notizen dabei. Oder schreiben sie hinterher alles noch mal auf. Diese Notizen helfen, Gesagtes oder nicht Gesagtes, später noch einmal nachlesen zu können. Und bei erneuten Gesprächen kann man seine Unterlagen dann wieder mit einbeziehen. Oder auch Inhalte belegen. Solche Aufzeichnungen haben wir uns auch gemacht. Um auch belegen zu können, was vorgeschlagen wurde und was nicht. Ein guter „Verfahrensführer". Sie haben die Sachen sofort zur Hand und haben eine Basis für das nächste Gespräch. Fragen, die Sie stellen möchten, auf einen extra Zettel notieren und bitte auch beantworten lassen. Bei nicht sinnvollen Aussagen bitte nochmals nachfragen. Und auf eine klare Antwortet bestehen. Hinterher bereut man es, die Frage nicht zu seiner Zufriedenheit beantwortet bekommen zu haben. Sollte es dennoch sein, dass Fragen nicht klar beantwortet worden sind, auch diese bitte hinterher notieren. Aussagen wie „wir schauen jetzt erst einmal, wie sich das Kind entwickelt", (z.B. beim Einschulungsverfahren, Antrag auf „GU") bitte sofort unterbinden. Wenn Sie möchten, dass „GU" beantragt wird, dann wird es jetzt beantragt, wo Sie es sagen. Achten Sie darauf, dass das Kreuz auch an der richtigen Stelle gesetzt wird. Wir haben erfahren müssen, dass das Kreuz nicht an der richtigen Stelle gesetzt wurde, bzw. mit „Nein" angekreuzt wurde. Erst ein halbes Jahr später, beim ersten Elterngespräch mit dem Gutachter der Sonderschule, haben wir diese Missachtung erfahren. Ich bin fast aus allen Wolken gefallen. Es war nämlich schon kurz vor den Osterferien. Der Antrag wurde dann aber noch vor den Osterferien gestellt. Ich habe mir aber eine Kopie geben lassen vom gestellten Antrag. Alles muss man selber machen. Wird einem denn nichts abgenommen? So wie es aussieht, nicht. Dabei heißt es doch: Der „Elternwille" zählt. Noch können wir die Grundschule aussuchen, auf die unser Kind gehen soll. Doch wie sieht es in vier Jahren aus? Nein, stimmt ja gar nicht. In drei Jahren schon. Denn dann muss die Förderlehrerin ihr Gutachten beim Schulamt vorlegen und sagen, wie die Empfehlung für die weiterführende Schule aussieht. Na, dann sind wir mal gespannt. Hier haben wir dann nicht mehr so viel mit zureden. Denken sie jedenfalls.

Seit Anfang Oktober hatte Josy plötzlich keine Lust mehr auf Rechnen. Sie fand es blöd und sagte, sie kann es auch nicht. Bis dato musste ich aber feststellen, dass sie es doch kann. Also ist da irgendetwas im Busch. Bis jetzt hatte sie jedenfalls immer ihre Hausaufgaben gemacht. Und das mit viel Spaß dabei. Diese Situation war mir deshalb völlig neu. Ich musste jetzt herausfinden, woran das jetzt liegt, dass sie auf einmal nicht mehr so gerne Hausaufgaben in Mathe machen möchte. Ich fragte sie zuerst, ob etwas im Mathematikunterricht vorgefallen sei? „Nein!" war die Antwort. Hast du mit irgend-jemanden Ärger in der Schule? „Nein!" kam wieder die Antwort. Ist die Lehrerin zu langsam im Unterricht? Hier kam die Antwort etwas zögerlich. „Hm, ja! „Mit der Frau Heier, der Förderlehrerin, würde es mehr Spaß machen!" Oh, ich glaube wir waren jetzt nahe dran. Ich interpretierte das jetzt so für mich. Während die Lehrerin vorne steht und für alle den Unterricht gestaltet, dieses natürlich viel langsamer voran geht, als wenn sie sich um jeden einzelnen kümmert, hat Josy schon keine Lust mehr. Sie braucht einfach das zügige Arbeiten. Wenn sich jemand also nur mit ihr beschäftigt, kann sie auch zügig arbeiten und kommt gut voran. Sie muss dann keine Rücksicht auf andere Kinder nehmen. Nun, dann muss ich wohl mal mit der Förderlehrerin oder der Mathelehrerin sprechen, damit sie nicht ganz die Lust am Lernen bzw. am Rechnen verliert. Eines Morgens erwische ich dann auch die Förderlehrerin. Ich erzählte ihr von dem Problem und sie meinte, sie wird sich darum kümmern und sich etwas einfallen lassen. Dann machte sie mit Josy etwas anderes, während die Klasse der Mathelehrerin im Unterricht folgte. Super, dachte ich! Dann werden wir mal schauen, wie es die Tage so klappt mit den Hausaufgaben. In den nächsten Tagen klappte es super mit den Rechen-aufgaben. Sie hat wieder Spaß am Rechnen. Schön ist das, und ich bin zufrieden. Ich fragte sie dann auch, ob es ihr jetzt besser im Unterricht gefällt? „Ja, wir dürfen auch malen beim

Rechnen." Josy´s Lieblingsbeschäftigung! Deshalb die Freude am Rechnen. Schauen wir mal, wie lange das so geht. Schließlich soll sie ja rechnen und nicht malen im Unterricht.

Ich bin ja mal gespannt, ob sich eine der beiden Mütter, die sich aufgrund des Zeitungsartikels gemeldet hatten, bei mir noch mal melden. Es würde mich freuen, wenn ich von ihnen etwas hören würde. Josy geht jetzt drei Monate zur Schule, und sie fängt schon das Lesen an. Sie arbeitet zügig und gerne ihre Mappen durch. Doch sie darf nicht mehr als zwei Seiten am Tag darin erarbeiten. Na so was? Warum soll das Kind denn nicht mehr machen dürfen? Das muss ich abklären. Sie wollen mein Kind doch nicht an seinem Tatendrang hindern?

Warum schreibe ich eigentlich dieses Buch? Das kann ich Ihnen wohl verraten. Ich habe damals das Buch „Die weiße Massai" gelesen. Und da kam mir die Idee, wenn sie darüber schreibt, dass sie oft von Mombasa nach Nairobi fährt mit einem mehr oder weniger intakten Auto, dann kann ich auch darüber schreiben, was mir mit meiner Tochter passiert ist. Heute schreibt jeder „Promi" über sein

Leben. Dann kann ich das auch. So habe ich einfach angefangen alles aufzuschreiben. Ich sitze meistens im Café und schreibe an diesem Buch. Ich werde häufig angesprochen, was ich denn schreiben würde? Ich gebe dann bereitwillig Auskunft darüber und habe schon so manch gutes Gespräch mit mir völlig Fremden, geführt. Ein älterer, gut aussehender, gepflegter Herr kam zu mir an den Tisch. Er fragte mich, was ich denn da schreibe? Wir kennen uns vom Sehen her. Und ich erzählte ihm, über was ich hier so schreibe. Er hörte mir aufmerksam zu und fand es sehr spannend.

Josy erzählte mir, dass sie es schon wieder langweilig findet, den Mathematikunterricht. Doch sie sagte auch gleich dazu, „es geht wohl noch", ich solle mir keine Sorgen machen. Ich sagte nämlich zu ihr, dass ich dann wohl noch mal mit der Lehrerin sprechen müsste. Sie sagte: „Die Lehrerin sei zwar ein bisschen langsam, aber das sei so noch in Ordnung." Eingreifen brauchte ich also noch nicht. Ist ja auch mal schön zu hören.

Seit Januar 2008 geht Josy zum Schwimmkurs. Wir haben sie dort angemeldet. In diesem Schwimmkurs sind nur ca. 6 Kinder. Also eine relativ kleine überschaubare Gruppe. Genau das richtige für Josy. Noch musste sie auf jeden Fall unter Beobachtung bleiben. Sie war immer noch ziemlich wild im Wasser. Sie hat zwar riesigen Spaß dabei, säuft aber in der ersten Viertelstunde mindestens fünfmal ab. Trotz das wir zu zweit sind und immer ein Auge auf sie werfen. Oder sogar unmittelbar daneben stehen. Sie soll den Spaß am Wasser nicht verlieren. Und für uns ist es wichtig, dass wenn jemand Anderer mit ihr schwimmen geht, sie nicht immer jemanden an ihrer Seite stehen haben muss. Ihrer Patentante ist es nämlich passiert. Als sie zusammen einen Tag im Schwimmbad waren, meinte Josy, sich alleine auf die Socken machen zu müssen. Sie kam an der Rutsche vorbei. Hier, am Schwimmerbecken, entschied sie sich spontan, ins Wasser zu springen. Ihre Paten-tante hatte große Mühe, so schnell nach-zukommen. Josy ging natürlich unter, und ihre Patentante konnte gerade noch rechtzeitig eingreifen. So schnell hatte sie sich dann nicht mehr gemeldet, um mit Josy mal wieder schwimmen zu gehen........

Wenn Josy abends nicht massiert wurde, fand sie immer noch keine Ruhe. Sie arbeitete dann noch oft in ihren Heften aus der Schule. Bis zum allerletzten noch Input fürs Gehirn holen. Sie muss sich dann wohl müde arbeiten? Obwohl sie vorher auf einem Kindergeburtstag war. Oder vielleicht gerade deshalb? Sie müsste eigentlich hundemüde ins Bett fallen. Sie rechnete und schrieb und malte, bis sie wirklich so müde war, dass nichts mehr ging. Ich nahm mir wieder Zeit, sie abends häufiger zu massieren. Ich weiß gar nicht, warum ich mich gerade hier so aufrege?

14.12.2007
Es geht auf Weihnachten zu und wir mussten so langsam Karten schreiben für die Verwandtschaft. Josy ist schon fleißig dabei, Karten zu gestalten. Sie malte sehr schöne Bilder. Sie achtet sehr auf Einzelheiten. Letztens hatte sie mir ein „Weltallbild" gemalt. Mit vielen Planeten drauf. Die Erde, der Saturn und sogar kleine Marsmenschen sind darauf abgebildet. Und von der Seite kommt ein Komet angeflogen. Sie hat sogar die Striche gemalt, die zeigen, dass der Komet gerade fliegt. „Bewegungsstreifen" oder wie nennt man die? Ich bin jedenfalls ganz begeistert. Ich musste gleich noch eine Mappe kaufen, in die ich ihre schönen Werke sammeln kann. Und das soll ein Kind für die Sonderschule sein? Ich kann es immer noch nicht fassen. Wir sind manchmal einfach sprachlos darüber, dass so viele Einzelheiten auf den Bildern gemalt sind und fragen Josy manchmal ernsthaft, ob das Bild wirklich sie gemalt hat? Das ist keine Übertreibung. Ja, ich weiß, jede Mutter findet, die Bilder ihrer Kinder sind kleine „Meisterwerke". Wir wollen aber schön auf dem Teppich bleiben. Kleine Tiere und Menschen, die sie malt, sind wirklich gut zu erkennen. Man muss es einfach sehen.

Vielleicht sagen sie ja auch, mein Kind kann auch schön malen. Dann muss ich feststellen, dass ich doch übertreibe.

April 2008

Josy erzählte mir die Tage, wenn einer ihrer Freundinnen sich wehgetan hat, versucht sie sie wieder aufzuheitern, indem sie Quatsch macht. Sie haute sich aber dabei des Öfteren gegen den Kopf. Worüber die Andere lachen soll, weil es ihr jetzt wehgetan hat. Sie sagte aber dann zu mir, sie müsse das jetzt mal langsam sein lassen, denn ihr würde das doch ganz schön wehtun. Ich riet ihr dann dazu, sich vielleicht dann nicht mehr gegen den Kopf zu hauen, sondern einfach nur lustig zu sein. Denn die Eigenschaft jemanden aufzuheitern, wenn er sich wehgetan hat, finde ich sehr gut. Es muss dann natürlich für sie dann nicht mit Schmerzen enden. Sie wollte sich das mal überlegen. Na, mal schauen, wie sie das regeln wird?
Was mir momentan noch stark auffällt, ist ihre Unordnung. Ich muss eine Regelung finden mit ihr, wie wir das besser in den Griff bekommen. Ich arbeite daran. Mein Mann hat auch immer gute Ideen. Ich glaube, ich frage ihn mal um Rat.

An dieser Stelle muss ich es einfach erwähnen.

Mein Mann kommt hier nicht so oft vor im Buch. Er war mir jedoch die ganze Zeit eine große Stütze. Er hat mich dort unterstützt, wo ich ihn brauchte. Vor allem bei den Gesprächen mit Therapeuten, Lehrern und Gutachtern. Weiterbildung kann oft sehr nützlich sein. Die hat mein Mann erfahren und in diesen Gesprächen sehr gut umsetzen können. Schön, dass wir uns da so gut ergänzt haben.

Ich höre aber auch immer wieder von Müttern, die Integrativ-Kinder haben, dass die Väter sich oft distanzierend verhalten. Es ist immer schnell der Satz da, „Er geht ja arbeiten, und hat dann auch keine Lust mehr, sich darum zu kümmern. Oder Geschweige denn, sich mit dem Kind zu beschäftigen." Was soll ich jetzt dazu sagen? Sind wir Mütter hier ganz alleine gefordert? Und wenn ja, warum? Aber auch wir Mütter sind hier aufgefordert, die Hilfe der Väter anzunehmen. Sprecht miteinander, wo ihr Unterstützung braucht. Lasst euch ein bisschen Arbeit ab-nehmen. Ich weiß selber wie es ist. Ich spreche aus Erfahrung. Ich bin täglich mit den Kindern zusammen, und man merkt gar nicht, wie schnell man eigentlich überfordert ist. Eine Therapie hört auf, da fängt die nächste schon wieder an. Wann habe ich das letzte Mal ein Buch genommen und gelesen? In Ruhe? Wann bin ich das letzte Mal spazieren gegangen? In Ruhe? Wann habe ich das letzte Mal einfach nur einen Stadtbummel gemacht? In Ruhe? Wann habe ich mir das letzte Mal eine gute Massage mit Algenpackung gegönnt? In Ruhe? Mein Mann hat mir vorletzten (soviel dazu: wir haben morgens doch sooo viel Zeit.....) Weihnachten einen Wellnessgutschein geschenkt. Ich habe ca. ein Jahr gebraucht, um ihn einzulösen. Einfach toll! Ich habe die Massagen richtig genossen. Ich wünsche mir wieder einen Gutschein zu Weihnachten.

April 2008

Vor ca. drei Wochen teilte man mir morgens auf dem Schulhof, so im vorbeigehen mit, dass Josy heute noch zusätzlich Matheförderung bekommen soll, da sie ein wenig nachlässt!? Ich sagte, so im Vorbeigehen, erst einmal zu. Zumal ich ein wenig überrumpelt wurde. Josy lässt ein wenig nach? Das Ganze kam mir schon wieder ziemlich Spanisch vor. Zudem hörte ich schon seit Tagen, dass auch andere Kinder stark nachlassen in der Schule. Laut der Aussagen der Mütter aber zu Unrecht. Ich hatte schon wieder Bauchschmerzen und mir war schlecht von dem Gedanken, dass die Lehrer vielleicht „aussortieren" wollen? Na ja, mein Mann kam heute auch mit zum Elternsprechtag. Ich brauchte ihn dabei. Heute gibt es auch den ersten Bericht (Zusammenfassung des 1. Schuljahres), den wir uns schon eine viertel Stunde vor dem eigentlichen Gesprächstermin durchlesen durften. Ja ich weiß, Zeit zum reklamieren bleibt kaum. Dann wollen wir mal sehen, was da heute so alles drinsteht? Ich hatte mir schon auf einen Zettel aufgeschrieben, was ich noch fragen möchte. Manchmal vergisst man manches wieder, und dann ärgert man sich, die wichtige Frage nicht gestellt zu haben. Mein Gott, schon wieder Stress. Ich kann es bald nicht mehr ertragen. Habe ich jetzt wieder Laufereien dadurch, um zu belegen, dass Josy in Mathe doch nicht sooo... schlecht ist? Ich will nicht mehr. Es kotzt mich an, für das zu kämpfen, was so klar auf der Hand liegt.

Ich hatte doch Recht. Lehrer müssen sich einfach weiterbilden, in dem, was sie unterrichten. Sehen sie denn nicht, dass einige Kinder etwas mehr können wie andere Kinder? Oder wollen sie es nicht sehen? Sind die Klassen doch zu groß und müssen auf Kosten der Kinder reduziert werden? Warum wird das mit uns gemacht?

So, der Elternsprechtag war vorbei. Im Großen und Ganzen war das Gespräch positiv gelaufen. Josy ist doch noch sehr unruhig. Sie ist immer noch überschießend in ihrem Bewegungsdrang, was sie hemmt konzentriert zu arbeiten. Still zu sitzen und nicht rum zu hampeln. Der Bericht geht uns in Kopie die Tage zu.

Im Kindergarten hatte sie die Möglichkeit, sich dann zurück zu ziehen. Sich ans Fenster zu setzen und den Kühen auf der Wiese zu- zuschauen. Oder den Ruheraum zu nutzen, um den Anderen bzw. der Unruhe der Situation, den Rücken zu kehren. Sie braucht zudem immer noch viel Ansprache von den Lehrern. Ich muss sie immer wieder darauf hinweisen und ihr sagen, dass sie sich jetzt aber konzentrieren muss. Kann sie das nicht, darf sie sich in den Gruppenraum zurückziehen und dort alleine arbeiten. Einfach, damit sie wieder Ruhe findet. Schön, wenn darauf so eingegangen wird. Sehr positiv. Hoffentlich geht es weiter so? Mein Mann sagte im Gespräch mit den Lehrern, dass Josy Ziele hat und sie auch verfolgt. Die Lehrerin meinte darauf, dass sie diese auch mit Josy haben. Na, das sind doch Aussagen. Darauf können wir doch aufbauen. Das geht runter wie Öl. Manchmal brauche ich das. Es tut meiner Seele gut. Und was meiner Seele gut tut, tut auch allen anderen gut. Aufbauend, ja sehr aufbauend. Ich hoffe, dass sich das bei Josy weiter gut entwickeln wird. Ich werde das bis zum Ende der zweiten Klasse weiter beobachten und den Verlauf kommentieren. Danach soll das Buch erst einmal fertig sein. Dennoch habe ich mir vorgenommen, weiter an Josy's Entwicklung zu schreiben. Es fasziniert mich einfach. Ich bin gespannt, wie es weiter geht. Ich hoffe, dass viele Menschen es lesen werden und sich dafür einsetzen, ihre Kinder mit ihren Defiziten, jedes auf seine Weise, optimal zu fördern. Ich sehe es immer noch als wichtige, nein, als eines der wichtigsten Aufgaben der Eltern an, diese kleinen Knirpse, die einmal erwachsen werden, so gut zu fördern, dass alle Ressourcen ausgeschöpft sind. Man verkennt oft viele versteckte Fähigkeiten der Kinder. Ich habe immer noch das Gefühl, aus Gesprächen mit anderen Müttern, dass Therapien immer nach demselben Muster ablaufen. Klar, man weiß ja, dass die Grundstruktur eines jeden Menschen gleich ist. Wahrnehmung, Sozialverhalten und Sprachverständnis. Aber wie sieht es mit der Intelligenz eines einzelnen Kindes aus? Hat es bestimmte Vorlieben für rechnen, malen, Musik machen oder Freude am Schreiben? Es wäre doch eine gute Idee, eine „Kompaktlösung" anzubieten. Wo sämtliche Strukturen abgefragt werden, um ein Gesamtbild zu erhalten. Natürlich von den Krankenkassen unterstützend. Ich weiß, ich träume gerade. Wenn es so ein „Kompaktangebot" gäbe, würde ein Rädchen ins andere greifen. Man könnte früh genug eingreifen und vieles im Vorfeld abklären. Wenn die Kinder erst im Kindergarten auffällig werden, rennen gleich fünf Mütter los um einen Therapieplatz zu bekommen. Wartezeiten sind somit vorprogrammiert. Eine gut strukturierte Vorsorge wäre das A und O. Warum wurde denn erst mit 2 ½ Jahren bei meiner Tochter die Wahrnehmungsstörung „wahrgenommen"? Ganz einfach, schlecht strukturierte Vorsorge. Wie lange sitzen Sie denn mit Ihrem Kind bei den Vorsorgeterminen? Effektive Zeitrechnung nur für den Arzt, wahrscheinlich nicht länger als 15 Minuten. Genug Zeit, um sich komplettes Bild von einem Menschen zu machen? Ich glaube nein. Selbst erfahrene Pädagogen brauchen rund zwei Wochen, um sich ein umfangreiches Bild des Kindes zumachen (z.B. im Kindergarten) Hier kann man das Kind in verschiedenen Situationen erleben. Im Sprachverständnis, Sozialverhalten und der Wahrnehmung. Und das geht definitiv nicht in 15 Minuten beim Kinderarzt. Kann er das alles überhaupt abdecken? Ja, im kleinen Rahmen natürlich. Aber das Ergebnis ist gleich Null. Mein Kind ist nicht jeden Tag gleich drauf. Ich habe festgestellt, gerade bei solchen Terminen verhält sich mein Kind fast vorbildlich. Schließlich hat man auch beigebracht bekommen, sich ordentlich, still und schön brav zu verhalten, wenn der Arzt kommt. Halten wir unsere Kinder denn nicht dazu an, sich „vernünftig" zu benehmen? Ich rede hier aber nicht von sichtbarer Behinderung. Ich denke hier ist noch Bedarf, Vorsorgeuntersuchungen besser zu machen. Ein Appell an die Politiker. Umdenken ist gefragt. Dringend sogar! Man muss in der Schüssel immer mal wieder ein bisschen rühren, sonst wird der Brei zäh. Im 21. Jahrhundert. Verlange ich zu viel? Vielleicht bekomme ich meine Fragen mal vernünftig und mit Sinn beantwortet? Ich gebe die Hoffnung nicht auf, hier für Eltern zu schreiben, denen ich den Blick für das Wesentliche öffne. Setzen Sie sich immer wieder dafür ein. Holen Sie sich Hilfe, wenn Sie es alleine nicht schaffen oder nicht vorwärts kommen. Ich habe auch nicht alles alleine geschafft. Und dafür schäme ich mich kein bisschen. „Just do it", ein treffender Satz, eines Arztes, den ich auf einer Kur kennengelernt habe. "Tue es, jetzt"! Warten tun die Anderen schon. Und Recht hat er. Wenn es um unsere eigenen Belange geht, setzen wir uns doch auch dafür ein. Warum also nicht auch für unsere Kinder?

Josy geht seit einigen Tagen alleine in den Keller.

Sie hat keine Angst mehr alleine runter zu gehen. Heute morgen erzählt sie mir, das man sich doch mehr traut nach unten zu gehen (z.B. ins Wohnzimmer oder Keller), wenn der Papa noch da ist. (Manchmal ist sie morgens früher wach als ich und geht dann schon nach unten). "Dann ist man nicht alleine im Raum". Ich glaube, sie war richtig stolz auf sich, heute Morgen.

Ein altes Thema ist immer noch, ihre Unordnung. Ich muss jetzt endlich eine Regelung finden, um meiner Tochter Ordnung beizubringen. Vielleicht mache ich wieder einen Wochenplan mit Stempel. Und wenn der Wochenplan voll mit Stempeln ist, gibt es eine Kleinigkeit für sie. Aber nur, wenn jeder Tag mit einem Stempel versehen ist. Ganz wichtig dabei. So weiß sie aber, am Ende gibt es eine Belohnung für sie. Ich versuche es einmal.

Mai 2008

Mein Mann hat die Tage mit unserer Tochter ihr Zimmer aufgeräumt. Nun ist mehr als nur ein Pfad zu ihrem Bett hin frei. Alles schön aufgeräumt. Ich kam dann abends in ihr Zimmer und staunte. Ich sagte spontan zu ihr:" Toll sieht das hier aus! Richtig schön aufgeräumt." Darauf meine Tochter: „Ich hasse Ordnung!" Was sollen mir jetzt diese Worte sagen? Ist sie nur zu faul zum aufräumen, oder ist in ihrem Kopf wirklich "Ordnung" die reinste Katastrophe? Ich weiß es nicht, werde mich aber schlau machen. Die Zusammenfassung des Berichtes von Josy´s erstem Schuljahr habe ich immer noch nicht in Kopie erhalten. Im Vorbeigehen, sagte mir dann die Förderlehrerin, dass das noch beim Schulamt läge. Kann man denn nicht schon vorher eine Kopie machen für die Eltern? Hab einfach nicht schnell genug geschaltet. Also, wieder warten. Ich muss jetzt wieder für Josy Logo beantragen beim Kinderarzt. Mal sehen ob, er sich auch die „Prämie" einstreicht, fürs *nicht* verschreiben eines Rezeptes für Logo! Ich nehme es mal stark an. Werde mich heute darum kümmern. Sollte er kein Rezept ausstellen, muss ich noch mal in die Kinderklinik, in der ich mit Josy schon die anderen Tests gemacht hatte. Die Klinik verschreibt es auf jeden Fall, weil dort die Testreihe auch begonnen hat. Super, ich freue mich schon wieder auf die ganze Lauferei. Scherz! Mein Gott, die ganze Schei....... bedrückt mich so. Geht ganz schön aufs Gemüt. Ich brauche endlich mal Luft vom Ganzen hier. Ich freute mich schon darauf in ca. sechs Wochen in die Kur zu fahren. Ich mache eine Mutter-Kind-Kur. Dort nehme ich mir viel Zeit für mich. Sonne, Strand und Meer. Was will ich mehr? Und das alles noch in den Sommerferien.

Ich werde es genießen. Diese Kur wird zu meinem Wohlbefinden gestaltet. Das Recht nehme ich mir. Ich habe mir sogar das Recht genommen zu sagen, das ich in den Sommerferien fahren möchte. Und das auch noch auf meine Lieblingsinsel. Und? Hat doch alles geklappt. Meine Nachbarin meinte nur darauf, als sie hörte, dass ich zur Kur fahre, „Du bekommst auch immer das, was du willst". Na hör mal, was die Anderen können, kann ich auch. Oder? Man muss manchmal einfach nur deutlich sagen, was man möchte. Und manchmal klappt es eben auch. So wie bei mir. Und, schlimm? Jedenfalls werde ich mir dort die Zeit nehmen, das Buch zu schließen. Den ersten Teil jedenfalls. Runde eins ist dann geschafft. Ich werde weiter schreiben, und Josy begleiten, vielleicht sogar, bis sie die Schule beendet hat. Mir graut schon davor, dieses alles ins „Reine" zu schreiben. Egal, ist für euch. Wer nicht losgeht, erreicht auch nichts. Also, dran bleiben.

Ich wartete immer noch auf den Bericht aus der Schule. Mann haben die wieder eine Zeit. Wenn ich fürs Warten bezahlt werden würde, ich glaube, ich wäre schon Millionärin.

Heute Morgen war ich wieder unterwegs, um zu

schreiben. Auf dem Parkplatz traf ich eine Mutter, die ich noch aus dem Kindergarten kenne. Ihr Sohn kommt erst dieses Jahr zur Schule. Auch er war schon ein Integrativkind im Kindergarten. Auch bei ihm war die Überlegung da gewesen, auf welche Schule er eingeschult werden soll. Sonderschule oder Integrativschule? Sie erzählte mir, man habe festgestellt, ihr Sohn sei zu intelligent für die Sonderschule. Darüber war sie ziemlich überrascht gewesen. Das war nämlich die Meinung der Gutachter. Und sie fluchte im gleichen Atemzug über die Rektorin der Grundschule, (die diese Verfahren ja einleitet). Sie hat festgestellt, dass der Junge wohl nur auf die Sonderschule gehen kann. Aber ihr Sohn wird doch noch auf die Integrativschule eingeschult. Geht doch. Und wir haben wohlgemerkt Mitte Mai. Und die Mutter weiß jetzt schon, auf welche Schule ihr Sohn kommt? Ist bei ihr irgendetwas schief gelaufen? Das ging in meinen Augen aber viel zu schnell. Als ich damals los laufen wollte, im Februar des Jahres, war das in den Augen der Beteiligten, viel zu früh.
Im April sagte man mir dann: „Eigentlich sind Sie schon 6 Wochen zu spät." Da wird doch der Hund in der Pfanne verrückt. Schön, dass es bei ihr anders gelaufen ist.

30.05.08
Das erste Schuljahr ist nun bald zu Ende und wir sind sehr zufrieden damit, was Josy alles erreicht hat. Und was wir für sie erreicht haben.

Gestern traf ich die Mutter wieder, die jetzt schon weiß, auf welche Schule ihr Kind kommt. Sie hatte einen Brief vom Schulamt bekommen, in dem drinsteht, das ihr Sohn doch nicht das könnte, was er können müsste, um auf eine integrative Schule gehen zu können......Darauf hin fragte sie dann beim Schulamt nach, wie das denn jetzt zustande kommen konnte? Darauf die Antwort der Sekretärin des Schulamtes: „Das würde sich die Frau Walter immer vorbehalten, Entscheidungen wieder umzuwerfen." „Wo befinden wir uns denn nun schon wieder? Ich finde momentan noch nicht das richtige Wort dafür. Vielleicht bei der stillen Post? Am Ende kommt immer etwas anderes bei raus, als ursprünglich gesagt wurde? Sind wir etwa auf dem Tennisplatz, wo der Ball immer wieder abgeschossen wird, um dann doch ins Leere zu gehen? Nur manchmal können wir punkten. Aber nur, wenn wir wache Augen haben. Linie oder Aus? Momentan ist die gute Mutter nur verstört und mit den Nerven am Ende. Ich kenne diese Situation zur Genüge. Und da ist es wieder. Das Warten auf eine Antwort darauf. Man muss wieder reagieren, um seinen Standpunkt klar zu machen. Ätzend, einfach ätzend.

Seit diesem Jahr (2008) ist es so: Sollte man mit dem Bescheid vom Schulamt nicht einverstanden sein, muss man jetzt gerichtlich Widerspruch einlegen. Es geht also nicht mehr, dass man in Gesprächen mit dem Schulamt abklären kann, was

jetzt weiter passieren soll. Ich denke, die Sekretärin der Schulrätin wollte kündigen?
Die Mutter hat sich einen Anwalt genommen.

Demnächst im Zeitungsblatt zu lesen:

„Einschulung von Integrativkindern nur noch mit Anwalt möglich?"

Ich lach mich tot! Unsere Stadt wird ja immer verrückter.
(Bitte denken Sie an dieser Stelle daran, dass ich übertreibe.)
Aber lassen Sie sich bitte nicht davon abschrecken. Ob mit oder ohne Anwalt. Denken Sie immer daran, Sie tun es für Ihr Kind! Sie sind keine böse Mutter, nur weil sie einen Anwalt einschalten! Einschalten müssen sogar, um sich für Ihr Kind einzusetzten. Ja, manche meinen dann vielleicht, na, die übertreiben ja wohl ein bisschen jetzt! Sollen sie ruhig meinen, die Anderen.

Die Mutter hatte jetzt Antwort von ihrem Anwalt bekommen. Sie hat jetzt den Bescheid vom Schulamt. Ihr Sohn darf auf die Integrative Schule gehen. Allerdings nur auf „Probe". Sie fragte mich, was sie jetzt machen soll? Doch Klage einreichen? Abwarten? Sie ist total verunsichert. Wie verhalte ich mich jetzt richtig? Und wie lange dauert so ein Verfahren? „Kennst du jemanden, der schon eine Klage eingereicht hat?" „Nee, nicht wirklich. Der Beschluss ist ja erst in diesem Jahr raus gekommen."

Die Entscheidung des Schulamtes wurde deshalb so formuliert: „...da der Junge noch „emotional" auffällig ist." Und sobald das festgelegt war, wurde der Vordruck dafür aus der Schublade geholt und ausgefüllt. Sie wissen zwar alle (auch der Gutachter), dass der Junge gar nicht so emotional auffällig ist, wie es im Schreiben drinsteht, aber.....sie wollen sich doch noch ein Türchen offen halten, oder?

Ich habe der Mutter dann empfohlen, jetzt erst einmal tief durch zu atmen, da der Bescheid ja **für** die Integrativschule ausgesprochen wurde. Zwar auf Probe, aber eben **für** die Schule. Sollten die Lehrer dann etwas anderes feststellen, kann man immer noch wieder zur „Löwin" werden. Und das sollen sie dann auch alle wissen, dass man das auch tun wird. Nicht alles auf sich sitzen lassen. Sich zu wehren, wo es eben angebracht und wichtig ist.

Kennen Sie sich mit Bereitschaftsdienst aus? Dann wissen Sie ja auch, dass die Menschen, die Bereitschaftsdienst schieben müssen, unter hoher nervlicher Anspannung stehen. Dauernd bereit stehen müssen, für eventuelle Notsituationen. Glauben Sie denn im Ernst, dass das Entspannung ist? Ganz bestimmt nicht. So fühlten wir uns aber auch bei diesem lang andauernden Verfahren. Ich beneide keinen dieser Mütter. Auch die Mutter des Jungen wird wahrscheinlich noch gut ein Jahr auf den endgültigen Bescheid des Schulamtes warten müssen. Hausfrauen und Rentner haben doch alle

Zeit der Welt? Oder? Klar, wir gehen jeden Tag Kaffee trinken und haben so gar nichts mit Wäsche waschen und Haushalt erledigen zu tun. Sehen Sie? Ich auch nicht!

Kur auf Amrum August 2008

Nach stundenlanger Fahrt waren wir endlich am Ziel angekommen. Im Zugabteil war es unheimlich stickig. Wir hatten keine Lust mehr auf irgendetwas. Der einzige Lichtblick war, dass wir erwartet wurden. Wir setzten mit der Fähre auf Amrum an, und ich schaute mich gleich nach den beiden Mädels, von denen wir erwartet wurden, um. Doch nicht ich, sondern mein Sohn entdeckte sie zuerst. Nach 6 1/2 Jahren gab es endlich ein Wiedersehen mit ihnen. Ich hatte mich richtig gefreut. Da wir noch nicht in die Mutter-Kind- Einrichtung konnten, waren wir erst einmal, alle zusammen, Eis essen gegangen. Wir haben gut miteinander gequatscht. Über alte Zeiten eben. Wir sind dann auch noch in die Klinik gefahren, in der wir uns damals kennen gelernt hatten. Es ist viel neu gemacht worden an der Klinik. Es war ein schöner Nachmittag gewesen. Abends fallen wir müde in unser Bett. Es war super Wetter hier. Ich habe auch nichts anderes erwartet. Wenn Engel reisen.
Am nächsten Abend drehte Josy völlig am Rad. Es wurde getreten, was das Zeug hielt. Mein Sohn lässt sich natürlich nichts von seiner Schwester

gefallen und haute zurück. So ging das eine ganze Weile hin und her. Ich trennte die Beiden. Doch auch das hielt nur ca. zwei Minuten an. Da wir nur zwei Zimmer haben, eines für mich und eines für die Kinder zusammen, brachte ich Josy zuerst ins Bett und mein Sohn ging so lange in den Aufenthaltsraum zum fernsehen gucken. Und das so lange, bis Josy eingeschlafen war. Das klappte dann soweit auch ganz gut. Trotzdem, sobald wir wieder im Zimmer waren, ging der Versuch von vorne los. Es schien fast eine Aufforderung zu sein, sich jedes Mal, wenn wir aufs Zimmer kamen, sich zu schubsen, zu treten etc. Heute Morgen gingen die Beiden in den „Kindertreff" und ich habe bis 13.00 Uhr Freizeit. Ja, Freizeit! Was ich machen werde? Ganz einfach. Ich schnappte mir mein Buch und setzte mich ins Café und schrieb weiter. Schön! Ich brauchte nicht darüber nach zu denken, was ich heute kochen werde. Einfach super. Und das noch ganze drei Wochen lang. Warum sollte es mir nicht auch mal gut gehen? So fühlte ich mich nämlich gerade richtig wohl. Draußen vor dem Café liefen die Leute geschäftig vorbei und ich saß hier drin. Oh, wie ist das schön. Kann ich nur jeder Mutter empfehlen, sich dieses mal zu leisten. Und da spielt der Ort keine Rolle. Ich hatte zwar meinen Wunsch geäußert, aber es hat doch geklappt. Ich habe nur gesagt, was ich möchte. Ich möchte sagen dürfen, was meine Bedürfnisse sind. Und das tue ich jetzt auch. Immer öfter. Ich bin noch in der Lernphase, aber es klappt immer besser. Und ich muss sagen, ich fühle mich gut damit. Sollte Ihr

Gegenüber nicht gleich beim ersten Mal eine Lösung für Sie haben, dann soll sich ihr Gegenüber bitte schön eine andere Möglichkeit überlegen, Ihnen zu helfen. Sie machen einen Vorschlag und er muss Ihnen eine Lösung bieten. Warum soll ich mir immer die Hacken abrennen? Die Anderen könne auch mal etwas für mich tun.

Josy war heute morgen ohne zu meckern, in den „Kindertreff" gegangen. Blieb auch dort und das alles ohne Abschiedsprobleme. Na super, dann konnte der Vormittag ja starten. Und ich hoffte, dass das auch so bleibt. Das abendliche unruhige Verhalten ließ langsam nach (5.Tag). Ich glaube, sie fand so langsam ihren Rhythmus. Morgen früh habe ich meine erste Anwendung. Einige der Mütter hatten schon ihre ersten Anwendungen gehabt und schwärmten in den höchsten Tönen vom Physiotherapeuten, der die Frauen massiert hat. Sie erzählten mir, man würde ganz fluffig und entspannt den Raum wieder verlassen. Eine Mutter hat sogar gefragt, ob man den Therapeuten mit nach Hause nehmen kann? Massage habe ich erst am Donnerstag. Dann werden wir sehen, wie toll dieser Mann ist, der die Frauen so fluffig macht.

Ja, ich muss sagen, er versteht sein Handwerk. Er hat mich erst einmal wieder eingerenkt. Und nun ging es mir nach der anschließenden Massage wieder richtig gut. Fluffig halt!

Josy hat heute Morgen so gar keine Lust auf den Kindertreff. Ihr ist langweilig. Muss ich dieses Kind denn andauernd beschäftigen? Anscheinend ja. Ich habe mich dann mit der Betreuerin unterhalten und gefragt, ob Josy heute Morgen nicht etwas basteln kann? Sie antwortete mir darauf, dass sie morgens mit allen Kindern immer nach draußen gehen würden. Und erst am Nachmittag die Zeit haben, mit den Kindern etwas zu basteln. Ich habe sie dann gebeten, Josy das so mitzuteilen, wie sie den Tag und warum sie ihn so gestalten. Ich glaube, Josy braucht die Gewissheit, wie der Tag für sie ablaufen wird. Sie meinte dann, sie würde es Josy erzählen, wie der Tag und warum der Tag so und nicht anders abläuft. Josy saß schon die ganze Zeit auf meinem Schoß und ließ sich von mir einfach nicht dazu animieren, doch mal spielen zu gehen. Die Betreuerin fragte Josy dann auch schon, ob sie denn schon ein Aquarium gebastelt hätte? Sie verneinte dieses und die Betreuerin meinte dann zu ihr, dass es dann wohl jetzt höchste Zeit wäre sich eines zu basteln. Wie von der „Tarantel" gestochen stand Josy jetzt plötzlich auf und zog sich ihre festen Schuhe (sie trägt den ganzen Tag nur ihre Schlappen!) an, damit sie jetzt mit den Anderen nach draußen gehen kann. Sie wollte nur hören, dass sie etwas basteln kann. Sprich, dass sie beschäftigt ist. Geht doch. Man muss manchmal nur wissen, wie? Ich sagte dann tschüss zu ihr und konnte gehen. Und das ganz entspannt. Ohne ein schlechtes Gewissen zu haben. Mann tut das gut. Hier kann man sich zwar morgens, um 8 Uhr, in Listen eintragen, für die Nachmittagsangebote, doch meistens schafften wir es nicht. Kein Bock auf „Morning running"! Beim Frühstück kam mir dann zu Ohren, dass es heute

Morgen ein Eklat an den Listen gab. Ein fürchterliches Zusammentreffen einiger Mütter. Sie standen vor einander und kämpften regelrecht darum, welches der Kinder denn heute auf die Liste geschrieben werden darf. Am Anfang der Woche wurde der Zettel ausgehängt. Nun standen sie heulend vor einander. Weil Einige um 8.05 Uhr erst an den Listen standen. Kennen Sie das? Mütter, die penetrant, ohne Rücksicht auf Andere (in diesem Fall Kinder), sich vordrängeln, eintragen und sich dann beschweren, über Dinge, die mir ganz persönlich am Ar... vorbeigehen? Ich brauchte das nicht. Es geht auch manchmal ohne Kampf. Das Leben kann so schön sein. Finde ich jedenfalls. Sie auch? Sind wir schon zwei.

So, nun ist die Kur schon fast wieder am Ende. Es waren jetzt noch zwei Tage bis zur Abfahrt nach Hause. Das Wetter war gut und ich habe mich super erholt. Meine Kinder haben sich auch wohl gefühlt und viele Freunde gefunden. Wir kommen wieder nach Amrum. Der schönste Strand, den ich kenne. Man läuft teilweise eine halbe Stunde bis zum Wasser. Ja, so viel Strand ist da. Es gibt Muscheln in Hülle und Fülle. Meine Tochter stellte mit Erstaunen fest, nachdem wir auf die erste Düne gestiegen waren: "Mama, das ist ja das reinste Muschelparadies!" Wir haben schon ein großes Päckchen vorab geschickt. Voll mit Muscheln.

Josy freute sich schon auf die Schule. Endlich in der zweiten Klasse. Wir hatten uns die Tage schon mal über weiterführende Schulen unterhalten. Ich habe ihr erklärt, was es für Möglichkeiten gibt. Und was die Unterschiede sind. Sie entschied sich prompt für das Gymnasium. „Aber", sagte sie, „dafür muss man über-über-überschlau sein." Sie ist überzeugt davon, dass sie das auch ist. Schön, wenn sie so selbstbewusst ist. Wir werden es Ende der dritten Klasse erfahren. Jetzt ist erst mal das zweite Schuljahr aktuell. Ich werde weiterhin meine Beobachtungen mit ihr aufschreiben.

Sofort nach den Ferien haben wir wieder mit Logo angefangen. Wir müssen noch ein bisschen an der Grammatik feilen. Josy freute sich schon drauf. Auf die Logopäden und den „Süßigkeitenkranz". Von dem darf sie sich nach jeder Stunde etwas abschneiden.

September 2008
Wie jeden Tag hole ich Josy von der Schule ab. Ich wartete vor dem Klassenraum auf sie. Die Glocke schellt und die Klassenzimmertür flog auf. Sie kam mir sofort entgegen gesprungen. „Ich darf jetzt auch mit dem Bus zur Schule fahren" erzählte sie mir aufgeregt. Was war sie stolz gewesen. Doch ich muss zu meinem Bedauern sagen, ich wüsste nicht, wie das gehen soll? Es fährt doch überhaupt kein Bus von uns zu Hause bis direkt vor die Schule? Und genau deshalb bringe ich sie doch jeden Morgen. Darauf bin ich erstmal zur Lehrerin

und habe nachgefragt. Sie war genauso erstaunt wie ich. Aber verwies mich ans Sekretariat der Schule. Dort nachgefragt, hat man sich auch schon gewundert, da wir doch überhaupt keinen Antrag dafür gestellt hatten? Dinge passieren so im Leben? Die gibt es ja manchmal gar nicht. Habe aber gleich nachgefragt, ob es denn von der Stadt für die tägliche Fahrt mit dem Auto, zur Schule und zurück, einen Zuschuss gibt? „Ja, natürlich gibt es den." Die Sekretärin hat mir den Vordruck gleich am Computer ausgedruckt. Mit der Bemerkung dabei, dass sich eventuell noch mal das Gesundheitsamt darauf melden wird. „Kein Problem" sagte ich. Und warf den Antrag am nächsten Tag in den Briefkasten. Warum sagt mir eigentlich keiner, dass es diesen Antrag dafür gibt? Wessen Aufgabe ist das eigentlich? Die Kinder, die auf die Regelschule gehen, bekommen einen Befreiungsschein für den Bus. Warum wissen wir wieder von nix? Solche Dinge ärgern mich ungemein. Ach ja, ich vergaß. Wir sind ja die Eltern, die man gerne von hinten sieht. Wir wollen ja nicht aus dem Rhythmus kommen. Ich lasse mich nicht gerne veräppeln, wo ich daneben stehe. Manche schaffen es dennoch. Doch wenn ich dahinter komme, mache ich meinem Unmut auch schon mal Luft. Sie sollen es wissen, dass ich unzufrieden bin. Und da ist es mir egal, wer vor mir steht. Ich sage, was nicht Recht ist. Ich sage meine Meinung.

Auszugsweise habe ich hier noch ein paar Eindrücke, der Nachbarn, zusammengefasst.

- sagt fast gar nichts
- Turnen kann sie gut (Rutsche rauf und runter)
- Benutzte lange Zeit einen Schnuller
- Am Anfang hat sie meine Tochter immer gekratzt
- Am Anfang hat sie nicht verstanden, dass Haustiere Lebewesen sind, jetzt geht sie ganz sanft mit ihnen um
- spielt gerne draußen
- heute spricht sie und erzählt auch schon mal einige Geschichten

Eine andere Nachbarin:
Vor ca. 3 ½ Jahren sind wir in das Umfeld von Josy gezogen. Dort haben wir sie als ein sehr zurückhaltendes, schüchterndes, scheinbar sogar abweisendes Kind kennen gelernt. Auf dem Gesicht von Josy konnte man niemals ein Lächeln beobachten. Sie schaute immer sehr ernst und sie vermittelte uns das Gefühl, dass sie durch uns durchsah bzw. uns nicht richtig wahrnahm. Wenn man sie angesprochen hatte, zeigte sich häufig keinerlei Reaktion. Entweder starrte sie uns lediglich an, manchmal drehte sie sich auch einfach

um, und ging wieder. Auffällig war bei ihr, dass sie wohl eine sehr hohe Schmerzgrenze haben musste. Wenn andere Kinder hinfallen oder sich an einem Körperteil stoßen, ist es üblich dass sie dann anfangen zu weinen, bzw. zu schreien. Dies war bei Josy überhaupt nicht der Fall. Sie stand nach einem Sturz einfach auf und ging weiter, ohne mit der Wimper zu zucken. Man hatte das Gefühl, dass sie sich ihr eigenes kleines Universum um sich aufgebaut hatte und mit der Umwelt nichts zu tun haben wollte. Heute hat sich Josy, aus unserer Sicht, völlig gewandelt. Sie ist mittlerweile ein aufgeschlossenes, aufgewecktes und freundliches Kind geworden. Was früher unvorstellbar war, ist heute Realität. Sie geht auf ihre Mitmenschen zu und spricht sie sogar an. Wir haben mit viel Freude und manchem Schmunzeln die Veränderungen beobachtet. Hier ein paar kleine Anekdoten:

Wir kamen nachmittags aus unserem Haus und wollten zur Garage gehen. Plötzlich kam Josy über die Straße zu uns herüber gerannt und zeigte uns voller Stolz ihre Zahnlücke. Völlig aufgeregt schilderte sie uns, dass sie heute einen Zahn verloren hatte. Dabei war sie so im Redefluss, dass man sie kaum verstehen konnte. So schnell wie sie gekommen war, war sie auch wieder verschwunden. Es ist bei den Kindern, in unserer Nachbarschaft bekannt, dass wir immer Süßigkeiten für diese im Hause haben. Eines Tage klingelte es bei uns und Josy brachte uns ein Ständchen mit ihrer Freundin. Dafür erhielt sie von uns etwas Süßes. Nach ca. 5 Minuten klingelte es erneut und das Ständchen, wie auch die Übergabe der Süßigkeiten wurden wiederholt. Wir haben daraufhin Josy erklärt, dass es nicht möglich ist, alle 5 Minuten anzuklingeln um dann nach jeder Gesangseinlage Süßigkeiten abstauben zu können. Nach weiteren 5 Minuten wurden wir diesmal nicht vom Gesang der Kinder erfreut sondern Josy erklärte uns viel mehr, sie habe einen Stein aus unserem Steingarten auf dem Bürgersteig vorgefunden und diesen der Ordnung halber wieder in den Steingarten zurückgelegt. Der Ordnung halber, wieder etwas Süßes bekam. Man muss dazu aber wissen, dass wir die Kinder durch unser Fenster beobachtet haben, wie diese den Stein auf den Bürgersteig gelegt haben. Darauf hin haben wir Josy erklärt, dass sie nunmehr die letzten Süßigkeiten von uns bekommen hat, da nichts mehr da sei. Weitere Steine wurden an diesem Tage nicht mehr auf dem Bürgersteig vorgefunden.

Erst vor einigen Tagen ging ich zu einer anderen Nachbarin. Dabei hat mich Josy beobachtet und rief nach mir. Voller Stolz zeigte sie mir ihre neuen Schuhe. Nachdem ich ihr sagte, dass ich die Schuhe ganz toll finde und sie überhaupt ein ganz schickes tolles Mädchen geworden sei, zeigte sie mir umgehend noch zwei weitere Paar Schuhe. Diese musste sie dafür extra aus dem Haus holen. Darauf hin sagte ich ihr, dass sie einen ganz tollen Geschmack habe. Josy strahlte nun mehr übers ganze Gesicht. Wir sehen mit viel Freude die Entwicklung von Josy. Aus unserer Sicht ist sie ein herzliches und glückliches Kind geworden. Wir wünschen ihr für die Zukunft, dass sie sich weiterhin so gut entwickelt.

Von einer guten Freundin:

Als meine Tochter und ich näher Kontakt zu Josy bekamen, war sie ein Kind, wo man sagt „das Kind geht über Tisch und Bänke".Sie hüpfte rum und war immer in Bewegung. Das hat sich bis zum jetzigen Zeitpunkt, wie ich finde, gebessert. Wenn unsere Kinder miteinander spielten, hat sich Josy zwischendurch eine zeitlang zurückgezogen. Für wie lange, hat sie selbst bestimmt. Und kam wieder, wenn sie es für richtig hielt. Erst hat Josy auch eine räumliche Trennung zu ihrer „Auszeit" gebraucht. Mit der Zeit blieb sie mitten im Geschehen, schaltete aber ab, wenn sie es brauchte. Während ihrer „stillen Minuten" beschäftigte Josy sich mit einem Spielzeug. Wir haben es akzeptiert, so wie sie war. Wir haben sie nicht gedrängt oder ihr Fragen gestellt. Irgendwann hat sich Josy dann nicht mehr zurückgezogen. Von da an strahlte sie auch eine gewisse Sicherheit aus, im Umgang mit uns. Zu dieser Zeit hat Josy nur ganz wenig gesprochen. Ein Problem war das für uns aber nicht. Ich selber orientierte mich an ihren Augen und Gesten. Meine Tochter verstand ihre „gebrochenen" Sätze und Wörter ohne weiteres. Eine Erzieherin aus dem Kindergarten bestätigte das, als ich sie danach fragte. Eine

Erklärung dafür habe ich nicht. Die Kinder waren zu diesem Zeitpunkt etwas über drei Jahre alt. Ein Anfassen (z.B. über den Kopf streichen), ließ Josy nicht zu. Sie schreckte zurück und ich akzeptierte das. Zwischendurch habe ich es immer mal wieder ausprobiert und es klappte von mal zu mal besser. Heute ist das Berühren ganz normal. Im Allgemeinen hat Josy immer ihr eigenes Tempo, in punkto Fortschritte, bestimmt und sich auch klar geäußert, wenn sie etwas wollte. Genau das wünschen wir Josy für die Zukunft, immer klar nach vorne gehen und die nötige Unterstützung zu bekommen, die sie dafür braucht.

Vom Kindergarten:

Als Josy im August 2004 zu uns in den Kindergarten kam, waren wir gespannt auf dieses Kind.
Auf dem Elternabend für die „neuen Kinder" hatten wir von Frau Landhaus erfahren, dass ihre Tochter eine taktile Wahrnehmungsstörung hat. Beide hatten wir während unserer beruflichen Laufbahn noch keinen Kontakt mit taktil wahrnehmunggestörten Kindern. Da uns dieses Thema und vor allem Josy interessierte, setzten wir uns schon vor Kindergartenbeginn mit der Mutter zusammen, um uns von ihr über das Leben mit Josy berichten zu lassen. Somit bekamen wir einen kleinen Einblick und Hilfestellung über den Umgang mit Josy.

Vom 1. Kindergartentag an beobachteten wir Josy ständig und hatten Sorge, sie aus den Augen zu lassen. Da wir ein offener Kindergarten sind, informierten wir das ganze Team, so dass Josy immer gut im Blickfeld der Erzieher war. Trotz alledem merkten wir schnell, dass wir an unsere Grenzen stießen und dadurch in unserem Handeln unsicher waren. Nach einem Gespräch mit der Mutter entschlossen wir uns dann dazu, mit Josy`s Ergotherapeutin Kontakt aufzunehmen. Sie unterstütze und bestätigte unsere Arbeit, so dass wir im Umgang mit Josy sicherer wurden. Auch die Besuche und Gespräche in der Ergotherapiepraxis waren sehr aufschlussreich. Josy, die immer schon fröhlich und wissbegierig in den Kindergarten kam, entwickelte sich in Zusammenarbeit aller Beteiligten sehr positiv. Wir hatten viel Freude mit ihr.

Eine andere Nachbarin:

- als ich Josy vor drei Jahren kennen lernte, war sie ein fröhliches Kind, das den ganzen Tag draußen herum sprang.
- grobmotorisch war sie einfach nicht zu toppen. Uns war klar, dass dieses Kind eines

- Tages im Zirkus als Artistin auftreten wird.
- heute, 2 Jahre später, kann man wunderbar mit Josy telefonieren, sie gibt Informationen korrekt weiter. Die Probleme der Kraftdosierung sind verschwunden.

- Deshalb ist sie nun umso mehr ein glückliches Kind, da sie keine sozialen Kontakte im Hinblick auf die bald kommende Schulzeit, fürchten muss.

ich freue mich über diese Entwicklung genauso, wie über ihre empörte Erzählung über den Schmetterling, der ihr beim Hinterherjagen entkommen ist.